Roland Meyer

Dans l'œil du juge

Préface

La quarantaine, j'y suis depuis l'enfance, j'ai grandi dans cette catégorie. J'ai rencontré cette vieille dame très jeune. Oui ! Je n'ai pas usé mes pantalons sur les bancs d'école mais bel et bien troqués contre ceux de l'administration pénitentiaire. J'ai connu l'enfermement dans des moments très durs.

Actuellement les ministres de la justice, homme ou femme, fleurissent comme des fleurs au printemps. Alors quand tu es détenu, tu ne sais plus vers quel saint te vouer car les textes de loi changent tout le temps. Mais on te les applique à leur sauce et selon leur humeur. Si, aujourd'hui, on dit que les prisons sont des clubs Med, venez-y faire un tour et vous verrez par vous-même l'envers du décor. C'est un système où l'on cultive le vice.

D'après un ténor du barreau de Nancy, à la SPA, les détenus seraient mieux logés. Il ne manque pas d'idée pour nous torturer, mentalement, psychiquement. Ok ! Tu es condamné pour un délit, coupable ou non, mais condamné et pas amendé à subir leur bassesse et leur injustice. Le système carcéral n'a point évolué. Quand tu as un passé, systématiquement tu es face à la carotte. Je crois même aujourd'hui, les directeurs et les chefs de détention n'ont plus aucun pouvoir avec le système judiciaire qui date de Mathusalem.

A l'époque, un chef de détention avait son mot à dire, normal car c'est l'administration pénitentiaire qui vit avec nous. Un contact permanent qui transforme leur profession en semi-liberté. Pourquoi on ne leur pose pas des questions nous concernant ? Quand tu vois lors d'un entretien avec un psychiatre ou un psychologue, envoyé par le juge, ne t'accorde que dix minutes pour rendre compte de ta vie, tu as de quoi te poser des questions.

Ce rapport est le plus important dans la décision d'un juge pour toutes tes demandes. Quand tu vois ces jeunes magistrats, qui ont à peine trente ans, ils sont justes là pour te rejuger alors tu as compris ta douleur. Tu fournis tous les efforts pendant ta détention mais le jour où tu passes devant le JAP[1] pour statuer sur un aménagement, ton passé est l'élément déclencheur du résultat. Et forcément tu repayes l'addition car là est l'addiction du juge. Dans telle prison, un juge peut plaider en ta faveur et dans une autre il peut te rendre fou car c'est le seul maître à bord. Il a ta liberté entre ses mains et tu ne peux rien y faire.

Moi pour mes remises de peine ou pour mes permissions de sortie, je n'obtiens jamais satisfaction. Je ne suis pas plus

---

[1] JAP/ juge d'application des peines.

mauvais garçon qu'un autre. Je fais en sorte de me faire oublier. J'ai une bonne conduite vis-à-vis du personnel. Je fais tout pour avoir une bonne réinsertion. Mais ils me le font payer au prix fort. Une petite parenthèse, mon ami Vincent a été condamné à quarante-huit mois de prison et il en est sorti au bout de dix-neuf du CD de Nancy. Mon beau-frère, quant à lui, condamné à la même peine et libéré au bout de vingt mois de détention au CD d'Ecrouves. Pour moi par-contre, on n'accorde même pas une permission de sortie avec monsieur le curé. Pourtant, j'ai prix une peine de six ans, j'en ai déjà effectué trois. Je devrais avoir les mêmes privilèges que les autres détenus mais là encore ce n'est pas le cas. Je ne demande pas grand-chose mais seulement quelques jours pour voir mes filles.

I

Au commencement

Je suis un bohémien, un pauvre voyageur, ma caravane est mon monastère, je fais de mon cœur un lieu de prière,
Je ne possède pas d'habits élégants, Dieu dit que le corps est plus beau que les vêtements,
Je ne me soucie pas de la nourriture de demain, le nôtre père demande le pain quotidien,
J'amasse pour mon âme une tirelire d'amour, elle est à Dieu, elle sera ouverte un jour,
Mon cœur ne convoite pas de grand bien, son gros appétit est d'aimer son bien prochain,
Ma roulotte est petite, bien plus qu'une maisonnette, mais toi seigneur, tu n'avais pas où reposer ta tête,

Les policiers viennent me contrôler, je leur souris, seigneur, ces hommes font leur métier,
Je rempaille des chaises, je vends des paniers, des gens moqueurs m'insultent avec grossièreté,
Je veux t'aimer seigneur, jusqu'à leur pardonner,
Dans le calme, la nuit tombe peu à peu, pour te prier seigneur, j'allume un feu,
J'ouvre les évangiles, je goûte à ta paix, comme une brebis docile,
Sois béni, Dieu d'amour, je sais que tu m'aimes et que tu m'aimeras toujours.
Poésie pour les gens du voyage

Roland le Yéniche.

Le nouveau monde

Face au nouveau monde, un terrain, la famille Remetter, des voyageurs yeniches, un lieu dit à l'écart pour des gens comme nous, avait été offert après guerre, racheté d'office pour éviter d'être expulsé. Les souvenirs rejaillissent de ma mémoire. Ce petit pont juste à côté de cette source, une eau pure de Soultz, petit village d'Alsace, connue de tout le monde. Un endroit qui m'a vu grandir où d'ailleurs dès l'âge de mes quatre ans, j'en avais perdu mon nom et récolté un autre qui dans l'avenir aller faire la une des faits divers.

Meyer Roland, voilà le petit bonhomme que j'étais. Une maison préfabriquée par les Américains et monté par les mains de mon grand-père. Sans eau ni électricité, mes grands-parents après avoir connu les désastres du camp nazi, car il faut le rappeler mes origines étaient les premières à être raflées par la police française et les allemands, avaient vécu la dureté de l'après-guerre. J'avais grandi éclairé de lampe à pétrole dans un univers verdoyant de nature, dans un monde isolé entouré de mes proches.

De ce temps-là, dans mes culottes courtes, avec les cousins, je gambadais à travers champs. Écoutant lors de ces veillées, ce grand-père aux mille histoires face à la cheminée pendant que grand-mère était gardienne de la cuisinière à bois. Je sens encore aujourd'hui ces odeurs qui embaumaient toutes les pièces, ces couleurs de la vie qu'elle rassemblait dans nos assiettes. La chaleur que se dégageai de ses plats, cet amour que l'on savourait. J'étais inconscient du monde qui m'entourait.

Le nouveau monde est un endroit encore existant situé à un kilomètre et demi de Soultz, bordé de rivières, de vergers, de champs, de forêts et de vignes. Il relie l'Alsace à Belfort par une route nationale. Nos rires d'enfants, ces jeux de gamins, les concerts de canards, les ronchonnements de cochons et bien d'autres encore rendaient le lieu vivant. J'ai encore faim de ces souvenirs, de ces moments partagés par la famille ou un tube de cuivre allait participer à la richesse d'un mets succulent, le hérisson. Un des moments magiques de mon enfance, c'était cette chasse au niglo.

L'emblème

Mon grand-père, accompagné de ses chiens, dressés spécialement pour les hérissons, nous emmenait parfois à travers cette campagne, notre univers, les traquer dans leurs terriers. Nous étions heureux, nous le suivions les yeux brillants d'excitation. La panse déjà ravie du festin qui allait suivre. La meilleure saison pour cet événement est l'automne au moment où les hérissons sont bien gras avant de plonger dans l'hibernation. Quand nos besaces étaient remplies, nous rentrions fier de notre excursion.

Un grand feu illuminait l'ambiance, nous jetions, mes cousins et moi, les patates dans la braise. Après avoir fait un trou sur une patte de l'animal et infiltré le tube en cuivre, nous soufflions dedans pour le gonfler afin de le dépouiller de sa peau. Ma grand-mère, quant à elle, les faisait griller en les accommodant d'herbes et d'ail cette chair si délicate. Un vrai délice, un plaisir à savourer que si on l'a déjà goûté. Beaucoup prennent un air dégoûté, horrifié même à l'idée de manger cet étrange animal. Pourtant il ne manque pas de piquant en saveur.

La passion, mon grand-père

Dès mon plus jeune âge, la fascination de la chasse était une de mes plus grandes passions car je l'ai partagé avec mon grand-père et aujourd'hui encore reste bien ancré dans mes souvenirs comme une ressource, un merveilleux rêve. Une histoire d'amour à laquelle je reste fidèle.

Dès l'âge de onze ans, je sautais sur mon petit fusil 22 long rifle préféré et je partais en quête d'un faisan, d'un lapin voire d'un sanglier. Armé, je n'avais pas peur, la nuit je tirais à vue. Parfois, un vent s'engouffrait dans mon pull en laine par son col abîmé et me laissait une sensation étrange et glaciale, mais cela ne m'empêchait pas de grimper en lisière de forêt, pour me mettre à l'affût d'une proie.

Une vie ordinaire dans un ciel noir sans étoile, j'étais un enfant. Je regardais de mes yeux de petit bonhomme, fasciné, ce grand-père faire des paniers en osier. On allait les chercher à la campagne et on les trempait dans la rivière pendant trois ou quatre jours, derrière chez nous, car on les sortait quand ils étaient plus souples. Puis assis devant la maison sur un tonneau renversé, on les épluchait de leur écorce. Mon grand-père, armé de sa serpette, s'amusait à faire des paniers. Bien souvent, il travaillait sur commande et cela à cause de ma grand-mère, qui pendant ce temps partait chiner et vantait le travail de son homme.

La danse des parapluies

La spécialité de ma grand-mère c'était la réparation des parapluies. Chaque fois qu'elle en récupérait, elle les démontait, celles cassées jetées, les baleines étaient triées pour réutiliser les bons, souvent il fallait trois pépins pour récolter le fruit de ce travail. Les fermoirs et la toile étaient aussi inspectés par son œil expert. Et tout ça sans déverser une larme d'argent en matière première.

Mes cousins et moi on fouillait les décharges, je dis bien toutes. Et la danse des parapluies commençait. On repartait avec les pépins jetés par les gens. Car les riches de l'époque sont à ceux d'hier, ils jettent tout et n'importe quoi.

Je me souviens encore de cette expédition à la décharge, j'avais dix-douze ans, je crois. Nous étions une troupe de six ou sept enfants, un jour de pluie, mon grand-père m'avait demandé d'aller décharger la brouette à la déchetterie. J'étais tombé sur une grenade allemande, presse-purée ils appelaient ça.

Les autres me gueulaient dessus pour la jeter, juste pour voir si elle pétait. Pour vérifier, cela nous avait coûté l'hôpital. Je m'étais fait explosé juste à la sortie des soins. Mon grand-père et mon oncle m'avaient donné le goût de ne plus toucher aux explosifs. Pour voir une explosion, notre inconscience aurait pu nous coûter la vie.

Notre paradis perdu

Dans les beaux jours, avec mes cousins et amis, on mettait les sandalettes pour aller pêcher. Dans la rivière derrière la maison, on fouillait les berges, sur des kilomètres, à la recherche de poissons. De nos mains nues parfois on en sortait de belles pièces. On chassait aussi les couleuvres d'eau.

On était tout le temps dans la rivière de mon enfance. Dans le temps les Pipelines de gaz arrivaient de Russie, passaient non loin de notre rivière. Leur pelleteuse géante, creusaient des tranchées et traversaient nos plus belles campagnes. A cause de ces tuyaux cela rendait l'endroit inconstructible. Une brigade même avait été mise en place spécialement pour cette surveillance du site.

Nous, comme des débiles, on allait au fond de ces trous, on se baignait chaleureusement. Un moment plus tard, on sortait couvert de boue, une thalasso gratuite, pour se faire sécher et l'on devenait comme des zombies. Qu'est-ce qu'on était bien quand on était gamin. On partait des journées entières, on dormait à la belle étoile. Malgré notre âge et le nombre d'une douzaine qui jouait les « cacous » à la nuit tombée, au moindre bruit les dents claquaient, c'est vrai, on flippait nos races.

Quand il pleuvait, on faisait des abris avec ce que l'on trouvait faute de tente et on dormait.

Une guerre sans bouton

À la saison des champignons, on déclarait la guerre. Je n'avais pas de bouton à mon âge, mais l'envie d'avoir envie, le trésor de mon village était notre fierté.

On ramassait jusqu'à dix kilos dans l'après-midi de Cèpes, Trompettes de la mort, Chanterelles.

Là, où il y avait les plus beaux châtaigniers, là était la frontière entre Soultz et Guebwiller. On connaissait la forêt comme notre poche.

Quand les deux villages se rencontraient, les jeunes coqs que nous étions, attaquaient, souvent les autres fuyaient sous nos coups. Enfin, quand nous étions en nombre suffisant, sinon nous apprenions à courir. Nous savions, où se trouvait le repère des trompettes de la mort, un champignon bien planqué.

Un vrai butin dans notre cœur, gagné parfois grâce à quelques marrons. Du nez de Soultz, un lieu-dit, une roche qui se grimpe par des sentiers, une vue panoramique, un paradis, on partait ainsi dans les bruyères du plateau.

Un pays merveilleux pour la faune sauvage et la flore, tous vivaient cachés dans ce monde ouvert et mystérieux de ma jeunesse. Aujourd'hui tout a changé, tout disparaît dans les vers du temps.

L'engrenage

Une autre passion allait venir, la mécanique des vélos, des Mobylettes et des voitures. Dans le seul garage du coin, un diéséliste dont le temps avait délavé l'enseigne, allait devenir ma deuxième maison. .

On allait faucher quelques pièces de vélos par-ci par-là pour en réparer d'autres et souvent on allait les essayer dans les champs sans pneu ni chambre à air, seules les jantes criaient de notre passage. Souvent les roues étaient différentes entre l'avant et l'arrière. C'était comme ça que la moto est venue à nous, on accrochait du carton à l'aide d'épingle à linge. Le bruit faisait de nos vélos des Harley.

On ne risquait rien car les hirondelles n'avaient que des deux roues sans moteur. Ces gendarmes avaient une cape noire en guise d'ailes et leur matraque en bois peint en blanc, souvent leur seul arme. De toute façon, leur arme à feu s'arrêtait au 7,65 St Etienne et avant, ça c'était des ordonnances. Puis dans les années 80, le Manurhin, 357 Magnum allaient venir à leur ceinturon. Il valait mieux car plus souvent alcoolisés que l'alcool lui-même dans la bouteille. Tous les jours, ils étaient assis au bistrot du village. Ils n'étaient pas là pour contrôler.

Par petit jeu entre nous on leur crevait les pneus. On cassait aussi les chaînes de leur vélo, les rayons, un jeu d'ange à dix ans. Ah ! Ma première Mobylette orange combla mes treize ans. Elle était honnête. Par la suite, la beauté mécanique n'était que des pièces empruntées discrètement sur d'autres. Une clé de douze suffisait à dégager le surpoids des bécanes des voisins. On faisait aussi de la moto, mais on ne touchait pas le sol une fois dessus, mais on partait en trombe, inconscient. On roulait tant qu'il y avait de l'essence.

On arrachait l'insigne sur la seule voiture de la brigade conduite par le commissaire. Une 403 comme celle d'un personnage en imperméable d'une série. Juste le plaisir, de lui dire: on est là et tu ne nous vois pas.

À cette époque la sécurité n'était pas d'actualité. On partait dans les chemins environnants, au volant d'une voiture, d'une moto rafistolée par nos soins, pendant un instant, on était devenus des cascadeurs sans fiction. On rigolait sans oublier de rire des autres. Je me prenais, du haut de mon adolescence, pour un pilote mécano à coup de petit effort, je coulissais la vitre d'une 4L, grimpais à l'intérieur et démarrais sans clé sous les chapeaux de roue.

Je voyais défiler les arbres dans ma fuite, je ne regardais pas dans les rétroviseurs, car ce qui est derrière reste derrière. J'ai toujours appris à aller de l'avant. Et cette expression me sera bien utile par la suite, surtout dans les moments d'émotion et de tristesse.

Par-contre la DS, elle, demandait déjà un petit savoir faire. Je me munissais d'un tournevis et d'une lime à ongles en guise de clé de contact. Déjà un petit génie !

L'entrée en matière

Comme la plupart du temps nous étions livrés à nous-mêmes. A notre charge de nous occuper. La complication de cette époque ne devait pas nous faire sortir de l'école St Cyr. L'apprentissage allait se durcir avec l'évolution. Une adaptation naturelle de ce savoir, car le garagiste nous l'offrait sur un plateau d'argent.

J'ai eu une scolarité différente des autres, enfermé dans le grenier, une scie à fil en guise de crayon et des planches faisant office de cahiers. Mon instituteur me faisait travailler le côté technologique de la chose, c'est-à-dire construire des nichoirs et des cages d'oiseaux. J'ai plus vécu l'école de la rue que celle des bancs. Je me souviens, noir de suie pour gagner ma croûte, j'arpentais de cheminée en cheminée, où je brûlais le temps fumant de ce travail mal payé.

Mais aussi après un nettoyage corporel faire du porte-à-porte à porte avec ma grand-mère vendre du linge de maison et bien d'autre chose encore. Et ce travail, quand le Papepa[2] revenait avec de vieilles chaises. Trois en paille et six en cannage.

Aussitôt arrivé, il se mettait au travail. Et moi je l'aidais en apprenant du même coup. Il découpait six morceaux de cannage et les trempait dans la rivière. Au bout d'une

[2] Grand-père

heure, il avait pris les mesures et agrafait le cannage, collait et avait terminé proprement les bordures.

Moi, j'avais dépouillé les chaises à rempailler. Lui avec son cutter avait coupé des fibres de paille de dix mètres. Il m'a montré le métier des anciens. J'ai sous son regard, placé la paille, tiré, et tapé sur les côtés avec le burin et je terminais pour finir en glissant le bout qui restait sous le siège, en nœud. Il était fier de moi. Les temps étaient très durs, mais on avait toujours de quoi manger sur la table.

Alcoolisé par la vie

Le temps des découvertes, l'adolescence au bord de l'eau, après avoir acheté quelques bières au village, nous buvions. Attention la canette n'était pas au goût d'aujourd'hui, pour finir rond comme une queue de pelle. Il y avait aussi quelques fumeurs voleurs, souvent on piquait les cigarettes dans les paquets des plus vieux, quand on n'avait pas d'argent. Les disques bleus, même style que la gauloise ou la gitane, mais qui arrachait la tête. Vendu par quatre. Moi, je préférais garder la joie de sentir la nature, l'odeur de la vie.

Une boisson faisait partie de notre soirée, à proximité du feu. Tous, on l'aimait. La tomate ou le perroquet, à base de pastis et de sirop, soit grenadine ou menthe. Moins on mettait d'eau plus on se pétait la tête. J'avais grandi ainsi depuis toujours dans l'inconscience du vice que je devais découvrir un jour ou l'autre.

Peut-être n'est-ce pas le jour où Denis et Rocco qui malgré un parcours scolaire normal venaient me voir charbonner pour six francs six sous. Un travail lourd dont la pesée de cinquante kilogrammes faisait plus que mon poids. De ne plus les charger et les décharger dans les camions, de ne plus les livrer chez les clients, j'ai réalisé que cette vie ne serait pas la mienne. Depuis ce temps où j'ai abandonné les sacs de charbon aux autres, m'avait soulagé de prendre une autre voie.

Amicalement nous

Vers mes quinze ans, en sortant de boîte, avec cette même bande de potes, on piquait sur les bords des fenêtres, quitte à grimper pour les atteindre, des plats pour s'offrir un bon repas. Il est vrai durant ces années-là, les frigos n'étaient pas inventés sauf pour les riches. On les ramenait chez Denis et on les dégustait tout frais, sans frais. Normalement ils étaient prévus pour le dîner du dimanche des gens. Sans compter les petits pains au chocolat et les croissants qui disparaissaient des étals de la boulangerie. En y repensant, les odeurs du passé me font sourire.

Et de temps en temps, quand nous étions nombreux en rentrant de boîte, malgré la possession d'appartement pour certain, le garde-manger était malheureusement souvent bien vide. Alors même accompagnés par les belles d'un soir, nous faisions un détour par les jardins pour vider un ou deux clapiers à lapins et dans la bande, nous avions toujours un bon cuistot. IL y avait généralement des italiens et pour la cuisine des spaghettis adentés, il fallait toujours la présence d'une viande. Nous évitions de voler les gallines car il fallait les déplumer. C'était trop de travail à cinq heures du mat. Les gallines[3] n'étaient pas nos poules d'un soir, malgré notre basse-cour.

---

[3] Les poules.

Denis, Rocco et moi, étions toujours ensemble et ça depuis les bancs d'école et pour faire les quatre cents coups aussi. Mes deux amis étaient plus âgés. J'ai commencé à travailler avec eux, en devenant videur à seize ans. Quand je travaillais dans cette boîte, Denis, Rocco et deux autres videurs, Gabi et Francky, surveillaient la piste en bas et moi, en haut en faction à la caisse tenue par la grand-mère, avec le père Bauer. Je me souviens, la scène était sur rail, quand les clients arrivaient en nombre, elle se repliait pour agrandir la piste de danse, découvrant ainsi les tables au fur et à mesure.

J'étais taillé comme un tronc d'arbre, les cheveux blonds bouclés sur les épaules, l'œil vif avec des bras de bûcheron. Quant à Rocco, ce grand maigre brun au visage rieur et aux muscles durs allait devenir mon beau-frère par la suite. Il a obtenu son diplôme de tourneur. Un bon élève. Il avait deux chemins, une voie pour la délinquance et un sentier d'homme d'affaire. Il a réussi dans le commerce.

Je me souviens du coup des poubelles, lui et moi, je n'avais pas seize ans et toutes mes dents encore. On allait au bar « Chez Charlie » le PMU, on encaissait jusqu'à un plateau par personne de ce breuvage qu'on aimait tant, cette tomate bien rouge qui se reflétait sur nos visages à la sortie du bistrot.

Quand nous repartions, les pieds vaillants d'ivrogne on piquait les plus belles poubelles sur notre chemin et on les ramenait dans la cour de chez lui. Son père a son lever, c'était sauve qui peut, car c'était un honnête citoyen. Il avait pété les plombs, il hurlait en italien, bon à rien celui qui peut tuer. Je crois qu'à ce moment-là, heureusement qu'il nous avait pas sous la main. C'était nous...

Denis, un nerveux au poing de fer, châtain pour rythmer avec une de ses spécialités, la châtaigne. Il aimait la bagarre. Il ne fallait pas le provoquer car il partait directement à l'affrontement peu importe le nombre en face. Denis n'était pas d'une famille de voyageurs, son père était garde champêtre et policier municipal, sa mère était au foyer. Ses frères et sa sœur ont tous une bonne situation, un ingénieur, un maire de village et femme de médecins. Lui, il était le chouchou de sa mère. Il était bon élève jusqu'au lycée.

Et dans ce trio, il y a moi sans savoir écrire et sans lire un mot, j'ai compris la vie avant bien d'autres. J'ai vite appris à monter les échelons.

Cochon rouge

Tous les matins, en lisière de forêt, moi et quelques amis, de bonne heure à la lueur du jour, quand la rosée vient de se poser, nous parcourions les routes de nos belles campagnes. À quatre dans la voiture, le chauffeur, le ramasseur et les deux tireurs. Quand on voyait un beau lièvre gambader dans les champs, sur le chemin, vitre baissée, la carabine sur le bord de la portière, il suffisait d'une balle pour toucher la cible à quatre-vingts mètres. Balle creuse au niveau de l'omoplate, l'animal finissait dans la malle arrière. On avait tout un réseau de restaurateurs qui nous passait commande. C'était de l'argent facilement gagné. Cela ne faisait de mal à personne.

Même si le braconnage est interdit dans notre pays, c'est un sport de bourgeois. Et cela, je l'ai compris très vite. Car un beau matin, à l'âge de seize ans, les képis ont débarqué chez mes parents pour une perquisition. Et oui ! C'était la première fois de ma vie que j'ai été balancé. Balancé par notre chauffeur habituel, ce dernier, n'a rien trouvé de mieux que d'aller siphonner l'énergie pour son propre moteur, l'essence même de sa voiture pourrie. Le gars était âgé de vingt-cinq ans. Il nous avait tous livrés. Mes parents ont dû payer une forte amende. Mais ne croyez pas que l'histoire de ce Marco aller en rester là car quelques années plus tard, il a de nouveau croisé ma route.

Encore aujourd'hui, ce souvenir doit lui rappeler, nu pied, un grand marathon. Je l'ai amené dans une déchetterie.

Je lui ai fait faire un cinq cents mètres sans chaussures, sans chaussettes. Il courrait assez vite, mais pas assez pour moi. Dans le vide-poche de sa voiture, un petit calibre chargé. J'ai voulu tellement qu'il soit le plus rapide, j'ai augmenté l'entraînement en lui tirant au-dessus de sa tête. Il courrait vraiment vite. A cause de la vitesse, son regard, fouetté par le vent, pleurait. Mais j'ai eu pitié en voyant ses pieds esquintés. Alors je lui ai dit qu'il pouvait rentrer chez lui. Dans ses yeux, une lueur avait éclairé un espoir. Je l'ai regardé sans un mot. Il hésitait. Je l'ai vu prendre le chemin de sa voiture. Je l'ai arrêté net. Il est reparti sans monture avant de voir sa voiture partir en fumée. Tout le monde l'avait baptisé le cochon rouge depuis cette soirée. Personne n'a par la ensuite retravaillé avec lui. Ces quelques lignes pour mes amis Rocco, Jean-Claude, Denis, Schnapsy et sans oublier notre première garde-à-vue.

À nous la quinte flush

Avec Denis, une fois par mois nous devions surveiller, veiller sur la caisse et les jetons d'une partie de poker. Il y avait les plus gros joueurs de poker d'Alsace, Paul, le père guignol, Alex, le garagiste, Riser le coiffeur, le baron, Gérald Klein. Du beau monde à l'argent facile pour une poignée de fer était tout autour d'une table. Quand on a seize ans, on envie des personnes comme ça.

Il y avait des fois plus de deux cent mille francs dans la soirée. Jusqu'au jour où Denis et moi, on avait plus envie de faire les larbins pour ces messieurs. Alors l'idée à Denis s'était d'attendre que la partie soit bien entamée et que la caisse déborde de beaux billets Pascal. Il me ferait un clin d'œil ou d'un signe de la tête à mon intention et je disparaitrai avec la caisse. Sans demander mon reste, je m'étais barré, mais seulement ce soir-là, on n'avait pas de voiture. Du coup nous avions dû voler un solex, un seul pour deux. Il était devant un bar et nous voilà partis, Denis pédalait pour avancer plus vite.

Quand nous étions à l'abri, nous avions réalisé avoir réellement fait une énorme connerie. Mais nous ne nous sommes pas dégonflés. Vu qu'il y avait énormément d'argent, nous en avions planqué une partie et nous nous sommes présenté dans un bar à fille, « Le popcorn ». Nous payions quelques bouteilles de champagne aux filles pour que Paul, un des joueurs et organisateur de la partie de poker, n'ait pas tout perdu dans l'histoire. Par la suite, les semaines ont été vraiment très dures. Mais de cela, nous en sommes sortis sans égratignure. Aujourd'hui en y repensant, j'en pleure encore de rire. Les années folles pour des jeunes branchés sexes, drogue et pognon. Denis avait un fort caractère mais un grand sens de la sincérité et d'une amitié hors pair.

L'ombre de ma flamme

J'avais tout pour être heureux, des amis et Christine la sœur de Rocco à mes bras. Quoi demander de plus à seize ans. Un amour de femme, depuis l'école son regard me rendait existant. On s'aimait tellement. J'ai travaillé aussi à la piscine de Guebwiller, à la surveillance des deux bassins. Un travail qui me plaisait, mais la jalousie de Ria allait me faire perdre l'amour du travail. Ria surnom donné à Christine, cette blonde au regard bleu azur, élancée dans sa taille de guêpe, une femme qui deviendrait la mienne en 1975 et deviendrait en cette même année la mère de ma fille. À l'âge de mes dix-huit ans, le mariage avec cette plante de dix-neuf ans allait changer ma vie.

La première ombre dans mon ciel de bonheur, est ce jour fatal qui me hantera toute ma vie. À cause de ces deux fous de la police nationale, qui ont ouvert le feu sur un gamin de vingt ans, mon meilleur ami. Denis nous quittait sans arme, dans une bagarre au sein d'une réunion de la marine nationale. Denis, un soir était sorti dans un bal de la marine. Les sanglots dans la voix, mes souvenirs laissent à mes larmes un goût amer et une certaine culpabilité, car il n'existait pas encore les portables dans ces années-là. Il y avait eu une embrouille avec plusieurs soldats. Quelques temps après il s'était accroché de nouveau avec eux. Les marins sont une famille un pour tous et tous pour un. Ils avaient tabassé mon ami à coup de nerf de bœuf. Bilan de cette histoire, Denis s'est retrouvé à l'hôpital. Quand j'ai eu vent de cette tragédie, je me suis rendu à son chevet. Je me rappelle encore de cette phrase, elle sortait avec colère de sa bouche comme si, il les prononçait encore aujourd'hui: « Quand, je les reverrais, je leur ferai du mal. »

Le jour de sa mort, il remontait la rue de la République, il savait en rentrant dans le bar « Sida » qu'une réunion de marins s'y tenait. Il n'a pas pu nous prévenir de sa galère et comme c'était un bonhomme, il a fait face. Malgré la trentaine d'hommes au service de l'Etat, ils n'ont pas pu le maîtriser. Comme les soldats n'avaient pas le dessus, la police appelée par un homme en retrait, est intervenue dans cette confusion pour calmer ces esprits échauffés. Mais au lieu de cela, les opposants à l'opposé étaient davantage énervés.

À son tour Denis les a massacrés à coups de poing, après avoir été provoqué. Les flics avaient une grande gueule sans philosophie, armés de leur revolver, s'entendaient perdre la partie, ces hommes en bleus avaient fait feu sans laisser aucune chance à mon ami Denis. Triste jour de ma vie, le ciel noir venait de perdre une étoile avant d'envahir l'humanité qui naissait en moi. Aujourd'hui encore, ce souvenir freudien me hante malgré mes soixante ans. La facilité de la police, tirer, parler ensuite, beaucoup en France sont morts sous les balles des gardiens de la loi.

Mais au milieu de ce sombre tableau, une lumière m'était apparue. Depuis cette date lugubre, je suis devenu un voyou.

Une fête endiablée

De toute la journée, nous buvions, une fête endiablée. Ria n'avait pas arrêté de me contacter, j'avais fini par lui dire de nous rejoindre. La femme de mon ami et associé dans notre boîte de sécurité, devait la récupérer. Nous avions acheté quatre entrées pour le bal des bâtons blancs. Christian le Baron et les femmes étaient entrés directement après s'être rejoints sur le parking.

Le videur ne voulait pas que je rentre. Je suis connu par les policiers qui organisaient l'événement. J'ai fini par y arriver. Une fois à l'intérieur, j'ai traversé la piste, j'ai pris l'escalier en direction du bar à champagne à l'étage et là, c'est parti en couille, une bagarre générale à moi tout seul. Je me suis retrouvé face aux deux inspecteurs présents dans la fête où mon ami avait perdu la partie.

D'un bond j'en avais envoyé un au tapis, leurs collègues, sans jeter la serviette pour autant même si j'étais inférieur en nombre, j'ai foncé dans le tas.

Le bar volait en éclats, les bouteilles vidées par la casse quelles subissaient. Les chaises et les tables ont participé à l'ouragan.

J'en ai pris des coups. Des sacrés d'ailleurs, je me suis retrouvé tout seul dans cette tempête de giroflées. J'avais une tête à faire peur. Et cet inspecteur, je lui ai arraché, déchiré, une joue de la lèvre à l'oreille. J'en ai perdu mes molaires. J'ai morflé. J'ai subi un interrogatoire sanglant. Emmené devant le Procureur, celui-ci demandé de suite de me faire soigner, le sang était devenu un masque de souffrance en séchant sur mon visage. Ma femme et mes amis étaient rentrés. Suite à cette bagarre rangée, j'ai écopé, de dix-huit mois de prison ferme.

Un jour en fin d'après-midi, le Baron avait repéré les inspecteurs, j'étais sorti de prison. Tout s'est mis en place. Un grand à la quarantaine, il avait une tête dégarnie seule la moustache et une barbichette lui donnait un air de droiture, a été le premier repéré. Ces flics voulaient une revanche à leur manière. Le bal ne leur avait pas suffit apparemment. On les avait coincés, aidé d'une chaîne de tronçonneuse, j'ai fait un vrai massacre. Une vraie charcuterie au début, mais cela s'était terminé en boucherie. Voilà, ils n'avaient pas respecté la loi du silence, alors que moi je n'avais pas porté plainte contre eux, mais cela m'avait condamné.

Betty

À peine majeur, l'ampleur de mon avenir délinquant allait s'emparer de moi. Après avoir perdu trois amis de mon entourage dans un espace-temps restreint, Denis d'abord puis Rocco, un autre ami tué dans une rixe de gens du voyage pendant le bal d'une foire aux vins, dans un petit village d'Alsace: Rocco n'avait pas encore vingt ans et tout ça pour prendre la défense d'un de ses amis calabrais. Et malheureusement le troisième, le petit Roland, un ami d'enfance, est décédé dans un accident de voiture en rentrant d'une fête pour nous retrouver.

J'avais décidé de bannir le noir et de bénir le gris car la nuit tous les chats le sont en remontant une équipe sans plonger dans le monde nocturne des bars à filles. Je m'étais écarté de l'ancienne équipe car je voyais trop de flics. J'avais, vers dix-neuf vingt ans rencontré et fait connaissance d'Yves, il était plus jeune que moi, devenu par la suite un de mes plus fidèles amis. Il travaillait comme barman au Naraille, un bar à filles situé à Ensisheim. Il tenait à me présenter sa patronne Betty. Comme j'étais éperdu de ma femme, ce bar n'était pas pour moi, ce n'était pas mon truc. Je me souviens de cette pensée : « J'ai ce qu'il fallait à la maison. »

Un jour, je suis allé boire un verre dans ce fameux bar à Colmar. Yves était là, il était content de me revoir et de m'accueillir. Quelques minutes, une blonde de chez blonde, une très belle femme s'est jointe à nous. Elle s'est présentée comme Betty, après une longue discussion et tout cela sans arrière-pensée.

Aujourd'hui, je suis sûr que dans sa tête, à l'époque tout était déjà prêt. Elle avait le schéma, bosser ensemble etc.... elle avait besoin de s'afficher en s'entourant de personnes du milieu.

Mais c'était impossible car j'étais marié. Je suis devenu son amant. Elle m'avait par la suite présenté son ex, Gérard, ce dernier tenait un bar à fille « Le sélect » à Mulhouse. C'était un bar déguisé. Une idée a germé dans mon esprit. J'ai mis la main sur tous les bars à filles de la région. J'ai remonté une équipe et je leur ai expliqué qu'il y avait beaucoup de monnaie à se faire tous les mois.

C'étaient des bars à hôtesses, on ne touchait pas à l'argent de la prostitution, on vendait les bouteilles de champagne, cinq cents francs l'unité, le surplus revenait aux filles en donnant leur charme. Juste pour information, le salaire moyen de cette période était de huit cents francs. Les Suisses venaient, c'était de très bons clients. Une ouverture dès la fin de l'après-midi, seize heures et l'on fermait vers quatre heures du matin. Avec un ou deux de mon équipe, je passais le soir boire un verre, récupérer l'argent de la caisse et je repartais en laissant un membre pour la sécurité, mais surtout au cas où un client, mauvais payeur voudrait se faire la malle. On était toujours à proximité en cas de litige, on veillait sur le grain.

Un jackpot à coup sûr, il n'y avait pas de machine à sous, seulement les filles faisaient tourner l'affaire. Les filles se donnaient du courage dans les verres, mais ensuite elles étaient insupportables. Vers la fin, il n'y eut plus de concurrents, j'étais devenu le maître de la nuit. J'ai mis une nouvelle équipe pour les bars « le playboy, le fragile, le flash bar et le sélect, le quai des brumes et le tropique ». Je n'ai fourni aucun effort comme celui du bar « Le pacha, il avait explosé d'ailleurs et la péniche ». Seul " le pop-corn "qui était tenu par Paul, lui ont ne lui faisait rien, il nous avait vu grandir. D'ailleurs son fils, aujourd'hui, en grandissant dans cet univers, en a pris goût. Quand son père a vendu ses scieries, il avait demandé sa part d'héritage, il s'est cassé en Thaïlande, il s'est marié avec une fille de là-bas et il y a ouvert des bars de passes.

Voilà, un bout de femme qui très jeune avait décidé de son existence. Elle s'était construit toute seule au gré de la vie. Elle était très en avance sur son temps. Elle pensait que la prostitution était un métier d'utilité publique et aux yeux des autres femmes aux mêmes pensées, elle imposait sa loi au milieu.

Betty, cette sulfureuse aux yeux de velours, aimait son travail, elle rabattait le beau monde car elle savait y faire. De son sourire charmeur, de son regard de gazelle, elle s'accompagnait de deux filles pour mieux aguicher les clients. Elle allait manger aux restaurants plus luxueux que jamais et les caves tombaient dans sa robe, elle les traînait dans son bar. Une fois à l'intérieur, ils étaient ferrés.

Parmi nos clients, le maire, adepte, attendait le départ de sa femme pour commander une ou deux filles et aussi les gendarmes venaient se faire du bien. On les avait photographiés, en sous-marin car ils étaient les premiers clients, d'ailleurs une petite anecdote me vient avec le sourire. Un soir, j'en ai surpris un en train de prendre une des filles en levrette. Jamais, ils nous cassaient les pieds, ces petits bourgeois du Naraille aimaient le cul et j'espère que pour eux leur femme n'a jamais était au courant. Souvent quand ils repartaient ils oubliaient de nous payer. Les photos nous permettaient de les tenir dans nos griffes.

Sans fatigue

Plus on faisait des braquages dans les entreprises plus on devenait rusé afin d'éviter de les braquer. On le faisait en douce car à cette période les coffres étaient des armoires métalliques et les comptables prenaient bien soin de préparer les enveloppes des payes et les acomptes des employés. La méfiance des temps passés était minime car ils n'y pensaient pas. Aucune sécurité ni caméra ni SAS pour prévenir de toute agression. Nous étions une équipe dont je tairais les noms même si la prescription est de rigueur, la plupart sont en famille ou on des places respectables aujourd'hui. Le vilain petit canard, c'était moi, j'avais appris plus vite et mieux instruis que sur les bancs d'école.

Comme avant dans les caves de vignerons, les salaires étaient versés en liquide, on avait toujours un ami qui travaillait dans les exploitations que l'on visait. Il nous filait les infos. On attendait qu'ils rentrent chez eux gentiment et quand ils partaient dans les vignes le matin, on faisait un petit tour chez ces braves gens pour les vendanger de quelques milliers de francs. On travaillait l'art et la façon, souvent on repérait les plus grosses structures afin d'en prendre un maximum, on les suivait selon le petit informateur et on se servait à leur retour de la banque. Le temps des raisins était venu, les grappes se ramassaient et l'on récoltait le liquide en francs, le fruit de leur travail, une période tellement attendue comme Noël ou le jour de l'an.

Après notre dur labeur, nous avions rendez-vous tous ensemble sans nos femmes à l'anniversaire de Pierrot. Réuni dans un dancing de la région de Mulhouse. C'était un endroit où la guinguette menait la danse. Nous étions une vingtaine de potes. C'était une belle soirée. Quand soudain, un gars avait apparu au comptoir. Une connaissance cette personne car elle venait dans nos bars à filles. Mais l'oiseau était surtout connu pour le bordel qu'il faisait dans nos établissements respectables. Il essayait de ne pas payer ses consommations. A sa vue, j'ai dit à mon pote qu'il y aura le foutoir dans peu de temps. Je l'ai senti. Cela allait mal finir. Il nous narguait. Il avait vu le nombre que nous étions.

J'ai dit au plus nerveux d'entre nous, le petit baraqué au surnom Cassoulet de rester tranquille. Le fan de castagne avait déjà retroussé les manches de sa veste. Il était chaud patate, mais ce n'était pas un fayot. Je n'ai pas eu le temps de prévenir tout le monde. Des détonations avaient amplifié sur la musique de l'entrée. Nous avons tous sautés sur le mec. Il n'était pas là pour rigoler. Cassoulet avait pris une balle. L'orifice d'entré était à droite du cou et ressortie par l'épaule gauche. Mais le fou avait continué de tirer dans tous les sens. Les vitres volées en éclats, les bouteilles se vidaient sous des verres explosés. Les murs n'avaient pas été épargnés non plus.

Nous étions là pour l'anniversaire de Pierrot, personne n'était armé. On aurait bien aimé avoir un petit calibre. Le temps dans ce moment-là avait duré une éternité, pourtant cinq minutes se ne sont rien. Les kondés, les ambulances dans un vacarme assourdissant arrivaient en nombre. La plupart des clients avaient disparu ou étaient simplement vautrés sous les tables. La peur s'était invitée à la fête. Les sanglots avaient remplacé la musique. Et dans tout ce dédale de violence, moi je suis resté avec mon ami Pierrot. On avait tous fini en garde-à-vue, sans le gâteau. La police avait fait du bon travail comme à leur habitude. Mon ami Cassoulet avait eu pour cadeau, plusieurs semaines d'hospitalisation car la balle avait fait la teuf dans son corps. On n'avait plus jamais eu de nouvelle de ce fou...

Pierrot s'occupait de la boîte de vigile tout seul. On avait en charge la sécurité des magasins du centre-ville de Mulhouse. Le bowling, le centre Europe, Flunch, les nouvelles galeries, la Fnac et la cafétéria mélodie, tous nous payaient par enveloppe.

Sans compter les événements, les bals, les concerts, dans ces années-là, aucun agrément n'était demandé pour nos agents, « Il fallait savoir donner, encaisser et gagner.

Pierrot n'était pas un bagarreur sans alcool, mais un bon en affaires, il provoquait n'importe qui, après avoir consommé des verres que cela partait aussitôt sans sommation. Moi en tant qu'associé, je veillait au grain pour ne pas tout perdre pour une histoire de baston car c'était légion à cette époque. Car c'est pour cela que tous les dancing et les endroits où il y avait beaucoup de monde que les gérants avaient besoin de protection. C'était pour nous de l'argent facile.

1981

Mon premier gros braquage était en Belgique, dans les années quatre-vingts, nos portraits étaient diffusés dans les journaux. La mienne, bien sûr, et ceux de mes deux complices. On avait décidé de faire un notaire, d'après un bon tuyau, mais les choses se sont mal goupillées. Il y avait beaucoup de monnaie à se faire. Je ne peux préciser la somme tellement le chiffre était énorme, d'ailleurs j'en ai oublié le montant. C'était la réponse donnée au juge d'instruction. On s'était introduit une nuit dans le cabinet notarial sans aucune difficulté. Car la plupart des portes étaient déjà ouvertes. Beaucoup de Français montaient au braco car dans les bureaux de change, l'argent était posé à même les étagères.

Une fois dans le bureau, il n'y avait plus d'obstacle entre nous et la richesse. Un bureau en chêne était vidé de son contenu, les tableaux de maître décrochés, sans coffre en vue. La bibliothèque aux façades sculptées d'instrument de musique, un violon m'avait fait penser au risque que l'on avait pris, pourtant comme on dit, j'ai pissé dedans. La beauté de cette pièce nous avait donné un aperçu du luxe dans lequel, ce brave notaire vivait. Quand tout était raflé, on avait cavalé, mais dans la fuite un meurtre avait été commis. Rien à voir avec nous et pourtant on s'était retrouvé après deux ans de cavale devant les autorités françaises.

L'extradition vers la Belgique n'a pas eu lieu car nous étions tous les trois Français, malgré leur condamnation pour tous, moi et mes complices à la peine de mort. Une chance, en mille neuf cent quatre-vingt un, la peine de mort fût abolie en France par un certain Badinter sous la présidence de Monsieur Mitterrand. Mais cela nous avait conduit dans la salle d'audience des assises de Nice. La place des prévenus était la nôtre.

Lors de l'instruction de cette affaire qui dura 7 ans, nous étions deux sur les trois mis en préventive. Après le passage à l'échafaud, la condamnation pour coups et blessures ayant entraîné la mort sans intention de la donner, la cour avait demandé la peine maximale soit la perpétuité, pour finalement avoir écopé douze ans de prison ferme. La seule preuve matérielle était une empreinte de chaussure dont la pointure était du 39.40, quant à mes pieds ils chaussent toujours du 46, même avec l'âge, ils ne rétrécissent pas avec le temps.

Mes avocats avaient demandé l'acquittement pur et simple, mais le simple en France est toujours compliqué. Pendant cette période dite l'enfer, j'avais connu le QHS[4], l'isolement totale, quartier haut sécurité. Aucune chance dans ce monde d'avoir un soleil au-dessus de la tête quand

---

[4] QHS, Quartier de haute sécurité.

on est fiché DPS[5]. Dans ce monde de violence, un concentré du monde extérieur, j'ai subi les fouilles à corps, surveillé comme le lait sur le feu, toutes mes demandes étaient refusées, le peu n'était rien car je n'avais le droit à rien. J'avais tous les privilèges, un exemple pour boire un café, il fallait demander aux surveillants car toutes les denrées alimentaires m'appartenant étaient à l'extérieur de la cellule. Comme il n'y avait aucun contact avec mes gardiens tout se passait par la trappe de la porte. J'avais, je me rappelle de ma tenue de tous les jours, un uniforme carcéral qui s'appelait "le drogué" et avec de belles chaussures de l'administration. On était dépouillé de tous nos biens personnels.

Je peux vous dire, la prison des années quatre-vingt à nos jours n'a plus rien à voir. Aujourd'hui la prison, je la ressens plus comme un camp de vacances. Les détenus ont beaucoup plus. Avant, on ne pouvait même pas serrer sa femme dans les bras car les parloirs lors des visites de la famille étaient à cinq mètres de nous et l'on se voyait à travers une vitre et on se parlait par bigophone. À ce moment-là, j'avais fait ma place dans le milieu marseillais, niçois, corse, de France et de Navarre. J'avais rencontré et sympathisé avec beaucoup de Messieurs.

---

[5] DPS, détenu particulièrement surveillé.

Même qu'aujourd'hui la plupart sont morts sous les balles pour des partages de bien et de règlement de compte. J'étais jeune, mais je reste persuadé que si bon nombre d'entre eux étaient encore de ce monde, il y aurait beaucoup moins d'histoires dans les cités car quand ils parlaient on les écoutait. Quand une décision était prise sur le sort d'une personne, il n'y avait plus de délai d'appel. (Une expression juridique qui fonctionne dans les deux camps). Tu tombais net et je pense à ces barbus qui ne feraient plus trembler la France.

Je m'étais battu avec mes conseils pour obtenir une liberté provisoire car il y avait un abus flagrant de renouvellement de mandat de dépôt. Un jour, mon avocate, maître Wolff, du barreau de Nice, était venue me voir avec un grand sourire car elle avait trouvé la faille pour nous sortir de ces murs. Car le juge d'instruction en charge du dossier, du parquet de Grasse avait cru à l'affaire du siècle. Cet alsacien avait les mêmes origines que moi, mais pourtant il ne m'avait fait aucun cadeau. Elle lui avait donc déposé une demande de remise en liberté, sans surprise rejetée, de ce fait elle avait fait appel auprès de la cour d'Aix-en-Provence en Provence. Dans ces temps-là, la loi stipulait à tout magistrat de statuer dans un délai de quinze jours ouvrable pour se prononcer sur une liberté provisoire.

Mais une main divine s'était posée sur moi, je peux vous le dire, c'était un vrai miracle, ils avaient oublié de statuer sur une vingtaine de dossiers dont le mien. Tous les avocats de ces dossiers oubliés avaient fait bloc au tribunal pour la libération imminente de leur client. Mais, les magistrats faisaient la loi en l'appliquant à leur guise, nous avaient tous, je dis bien tous déboutés de notre demande. Nos avocats respectifs nous avaient promis de nous sortir de là. On avait dû mettre encore la main à la poche pour payer chacun une trentaine de mille les frais occasionnés pour le cours de cassation. Si tu as de l'argent, tu es sauvé, sinon tu subis. Moi, je ne me faisais plus trop d'illusion.

L'évasion ratée

Dans ces années-là, j'ai toujours eu pratiquement la chance de tomber dans des prisons plus ou moins sécurisées.

Je suis un détenu DPS[6] administrativement et ministériel. C'est une étiquette toujours existante collée et qui ne se décollera plus de toute ma vie. Dans un langage plus simple, pour les surveillants, un détenu particulièrement surveillé, c'est faire plus attention. J'ai eu droit au troisième étage, l'étage où se trouvaient seulement des gens comme moi.

C'est en mille neuf cent quatre-vingt quatre dans la prison de Nice, on m'a demandé si je voulais profiter d'une évasion en préparation. Elle était prévue dans les jours à venir. J'étais très intéressé par cette proposition. Je n'avais aucune information, ni sur la date ni comment. Une seule chose était sûre, je n'avais qu'une envie c'était d'y participer. Un matin, à peine émergé dans la lumière, des détenus se parlaient aux fenêtres, les plus chauds de la maison s'appelaient. Juste pour dire, tout est prêt, le point de départ est le petit terrain de sport.

Quand j'ai eu vent de cette information, j'ai enfilé mes baskets et le tout, en étant content de bientôt savourer ma liberté. Nous étions une vingtaine sur le lieu du départ. Je me suis demandé comment aller finir ce voyage. Je n'ai pas

---

[6] Détenu particulièrement surveillé.

trop attendu pour le savoir. Au bout de quelques minutes, des gens ont jeté des fumigènes de l'extérieur. Par-dessus le mur d'enceinte, la fumée se dissipa en obstruant les miradors. Des sacs atterrissaient remplis d'armes. Les choses ont été bien étudiées, des cordes sont attachées sur les rails, l'extrémité restante est attachée à une chaussette porteuse d'une boule de pétanque. Nos sauveurs nous les ont envoyées. Tout a été calculé au poil prêt.

Pourtant encore aujourd'hui je ne connais toujours pas l'enculé qui nous a balancé à la détention. Quand les boules ont touché le sol, des hommes de la BRI [7] de Nice sur les toits et même dans les miradors, les tireurs d'élite, nous ont tiré dessus en guise d'avertissement, sommé de se mettre à terre, ventre contre sol. Ils sont arrivés de partout. Ils ont repris la situation en main comme les sacs d'armes par la même occasion. Les transferts étaient de rigueur ce jour-là. Cela m'a coûté sept mois de cachot en attendant l'enquête de police. Ils devaient déterminer la responsabilité de chacun.

Là encore, j'ai été porté dans un coup pourri. Mais Dédé Gosseron, lui qui avait tout organisé, a réussi son évasion. Du tribunal de Grasse, d'où il s'est enfui, il a pris un chemin dont l'addition allait lui coûter cher. Il a braqué

---

[7] Brigade de recherche et d'intervention.

plusieurs banques. Il y avait encore beaucoup d'argent liquide dans les bureaux de change.

Un jour, il s'est rendu avec un pote à lui à la campagne pour récupérer un butin caché. Malheureusement pour lui, une voiture de la gendarmerie est passée par-là, en les voyants ils ont voulu les contrôler. Une méchante fusillade a fini par éclater. Le résultat n'est pas bon, un mort chez les gendarmes, son collègue a riposté sur l'ami de Dédé. Atteint au nez, Dédé l'a arraché à la ligne de mir de l'agent. Mais l'homme d'un tir précis a atteint mon ami d'une balle ce qui l'a plaquée au sol.

Après des soins appropriés, Dédé et son complice ont écopé de la prison à perpétuité. Quelques années plus tard il a de nouveau réussi son évasion, mais il a trouvé la mort après un face à face, sans il n'ait pas eu le temps de dégainer le premier. Et cela seulement après deux jours de liberté. Cette maison d'arrêt m'a coûté trente-six mois de mitard en dix ans d'incarcération. À Nice, il y a un détenu avec le même prénom que moi. Il s'est fait envoyer des lames de scie, des armes etc....

Ce colis ne m'est pas destiné, mais il a atterri sous ma fenêtre. Avec une fourchette tordue en forme de grappin, le destinataire du paquet avait passé toute la nuit à la pêche. Mais rien n'avait mordu cette nuit-là. Le matin quand les surveillants ont fait leur ronde, ils sont tombés dessus. Ils n'ont rien dit jusqu'à mon retour de promenade.

Il y avait un comité d'accueil à mon étage. Je rigolais car j'étais loin de m'imaginer que c'était pour moi. Ils m'ont dit de me mettre de côté, je me suis demandé quelle découverte ils avaient bien pu faire dans ma cellule. Je me suis retrouvé menotté et entravé avant d'être expédié aux Baumettes. Je me suis vu jeter au cachot directement. J'ai rencontré le sous-directeur, il avait entre ses mains des photos. Une série de photographies comportant des armes, j'ai cru qu'il plaisanta, mais cela n'a pas été le cas. Ils n'ont jamais su à qui était destiné ces armes.

Pourtant quelques années plus tard, la personne en question a pu introduire à même de la prison de Clervaux, cette centrale étant réputée la plus sécurisé de France, la plus disciplinaire, des armes de poing avec munitions. Quand on rentre dans cette maison, c'est sous ordre du ministère. Il regroupait toutes les têtes brûlées. Roland, celui-là même dont les armes avaient été destiné lors de notre écrou à Nice, avait fait rentrer tout le nécessaire pour une évasion par le simple billet de la cantine. Une cantine derrière les barreaux, ce n'est pas la caisse de l'armée.

La cantine signifie le droit de faire des achats par biais d'un bon comme pour les cantines exceptionnelles, c'est-à-dire des achats qui ne figurent pas sur ceux du quotidien. Le détenu demandait les denrées qu'il voulait commander, ces feuilles, avant, arrivaient directement chez le fournisseur. Pour lui, le fournisseur était son complice. Il avait reçu sa commande en cellule. Il y avait des boîtes de conserve et leur contenu n'était pas choucroute ou cassoulet mais des armes en pièces détachées et munitions. Elles avaient été confectionnées au poids d'origine. Il complétait avec de la mousse polyuréthane. L'étiquetage était ainsi à la norme. Une boîte comme tant d'autres parmi tant d'autres.

Malheureusement cela a coûté la vie d'un surveillant et d'un détenu. Aujourd'hui les achats sont reçus par le service cantine. Lors de cette évasion le surveillant s'est retrouvé face à face avec un détenu lui aussi armé. Ils ont appuyé tous les deux en même temps. Après cela il y a eu un long échange de coup de feu dans l'établissement et sous les coups, quelques-uns avaient pris la fuite.

Une partie des fuyards s'est retrouvé sur Lyon les autres sur Bordeaux. Dans cette dernière ville, peu de temps après a connu un gros braquage, loupé, une grosse fusillade a éclaté entre les libres recherchés et la police. Les forces de l'ordre ont agrippé un jeune, pourtant en fin de peine. Il a jugé bon de faire partie de cette évasion. Je ne comprenais pas pourquoi et j'ai toujours cette question en tête.

Aujourd'hui en deux mille dix-huit, parmi eux, certains sont encore sous les verrous. Trente quatre ans de prison ont eu raison du vol de leur liberté. C'est pour cela, je dis qu'il faut réfléchir avant de s'engager car quand c'est parti rien ne peut faire marche arrière et ta vie est foutue.

Jean, balle en disco

Je suis incarcéré à Nice pendant que Tony, lui s'occupait du bar à filles. De temps en temps, Jean passait par là. Il venait pour récupérer les recettes car elles nous appartenaient. Ce soir-là, ils sont partis en boîte de nuit et tout c'était bien déroulé. En partant, ils ont laissés quelques bouteilles. Ils ont dit au patron qu'ils viendraient les finir plus tard, à l'occasion. Un soir dans la semaine suivante, ils se sont présentés au portier de la discothèque. Mais le videur leur a intimement refusé l'entrée. Le Jean s'est emporté. Et parole sur parole, ils en sont rendus aux mains. Le portier n'a pas eu le dessus. Son collègue en ayant vu la situation dégénérée, est sorti avec un fusil à pompe. Il a ouvert le feu. Jean les mains sur le ventre, son t-shirt blanc avait pris une couleur rougeâtre.

Tony et William, en panique tout d'abord, l'ont attrapé pour le mettre à l'abri dans l'une de leur voiture. Moteur tournant, ils ont préféré emmener Jean se faire soigner et laisser son véhicule sur le parking de l'établissement incriminé. Le trio était arrivé chez Tony. Le médecin a été appelé pour venir au chevet de la maitresse des lieux. Mais en arrivant ce brave docteur, a compris la supercherie. Mais en tant que professionnel, il ne s'est pas laissé aller à une explication vu l'état du blessé. Il leur a dit d'urgence de l'emmener à l'hôpital. Car sinon il allait mourir.

Alors j'en tairais le nom, une personne a fait monter une ambulance de   Nice pour rapatrier Jean. Celui-ci a été ramené dans l'arrière pays niçois, dans une première clinique privée où il a été opéré. Il a été ensuite transféré dans une autre clinique. Cela a coûté beaucoup de lové. Jean a pu se sortir de toutes ces opérations, certes fatigué mais il n'a pas pu échapper à l'addition judiciaire. Les amis en oubliant la voiture de Jean sur le fameux parking, ont permis aux gendarmes de s'intéresser à celle-ci. Comme Jean était en cavale, il y avait de faux papiers et le butin de plusieurs bijouteries. Avant de se faire serrer et de passer aux assises, le patron et les videurs de cette boîte se sont fait allumer. Mais le résultat escompté n'a pas eu lieu pour lui car le verdict n'a pas joué en sa faveur.

Il a écopé de quinze ans de prison. Le juge d'instruction de Mulhouse voulait vraiment et à tout prix avoir la tête de l'avocate car elle figurait dans nombreuses affaires nous concernant. Cela lui a valu une détention provisoire avec en final un non lieu lors du jugement. Pour une fois qu'une avocate croyait à notre innocence, la justice n'a pas hésité à la mettre au même niveau que nous. Cette femme n'a rien avoir avec nos affaires. Son malheur, avoir fait son travail en nous défendant.

Ils sont tombés

Un jour ou l'autre, j'apprenais la mort d'untel ou d'untel. Il fait dur parfois d'apprendre, de savoir ou même d'imaginer, mais la mort dans le banditisme fait partie aussi du contrat de la vie choisi. Les voir éliminés par un ou des tueurs sans noms, la justice ne peut pas être rendue, mais nous nous savions, nous connaissions le commanditaire.

Jacky le bordelais était un gars de la vieille école, une amitié complète. C'est pour cela qu'il est mort. Il est assis avec Patrice à la terrasse d'un bar sur Cagnes/mer. Patrice lui a demandé s'il voulait qu'il l'accompagne, mais ce pauvre Jacky était sûr de lui, il connaissait, il était confiant, il n'était pas armé et cela lui a coûté la vie. Il s'est fait abattre dans la voiture de sa femme. Il était assis côté passager et attendait sur un parking sur l'autoroute de Nice. Il avait un rendez-vous. Mais à peine arrivé, une grosse cylindrée avec deux motards a déboulé de son côté sans lui laisser aucune chance. Il ne pensait pas qu'un ami pouvait l'abattre. Et l'ami en question quelques années après cette effroyable perte, c'était retrouvé avec moi, incarcéré au Centre de détention de Tarascon.

Je m'en souviens, un après-midi en promenade, il m'a confié comment il avait piégé Jacky. C'était un grenoblois, un tueur, quand les choses allaient mal, les contrats passaient par ce pédé. Rémy de son prénom, je n'avais qu'une envie c'était de rendre justice. Mais comme quoi des fois, la solution arrive sans rien faire. La bonne nouvelle a été sa mort, abattu lui aussi.

Après ça, mon ami Richard, lui aussi tombé sur la terrasse d'un bar. Victime d'un test par deux petites frappes, pour prouver leur savoir faire au Bègue pour qui ils travaillaient. Là aussi j'étais triste de savoir que le passager de la moto est un ami à moi. La police a su les noms des deux motards dont celui qui avait tiré sur Richard.

Mais pas d'arrestation, peu de temps après cette fusillade, le chauffeur de la moto a été poursuivi avant de mourir, sous les balles et sur les dalles au pied de la police municipale de Nice. Malheureusement le tueur de Richard vie toujours à Nice. Il s'agit de Fabrice, j'ai eu l'honneur de le croiser à la maison d'arrêt de Grâce. Je l'ai démonté, j'en ai eu mal aux mains tellement je l'avais frappé.

Du coup, Ils se sont aussi débarrassés de Régis, un ami proche et l'ombre d'un Michel. Le petit Michel a été tué en sortant d'un bar, l'Iguane à Nice. Il a été abattu au volant de sa voiture. C'était une personne très prudente, il prenait tellement de précaution qu'il en est mort. Il faisait bien longtemps, cette guerre avait éclaté, laissant une rage d'une violence engagée. C'était un ami, un vrai qu'on pouvait compter.

Je n'ai jamais su d'où cela venait. Une chose est sur cela venait de notre entourage. Toutes les personnes, de près ou de loin, dans le trafic des machines à sous, sont plus ou moins en guerre.

Serge, sûrement par la même équipe devait tomber à son tour. Les langues se sont déliées. On avait appris, Régis et le Belge devaient se rencontrer au sujet des machines. Il était prévu un arrangement. Régis en a beaucoup et il a senti le danger. Il a bien eut raison car c'était bien un ami au Belge. Un certain Marc Monge. D'ailleurs lui non plus il n'a pas eu une longue vie.

Dans la même période, Michel le blond, baptisé le fou, a rendu folle l'administration pénitentiaire de Nice, notamment en tirant sur les miradors. Il s'en est aussi pris au Bègue. Il allait avec ses potes manger dans les restaurants du Bègue. À la fin du repas, il demanda l'addition et il disait au serveur vous la donnerez à votre patron.

Et un jour, dans l'après-midi je crois, en circulant au centre-ville de Nice, accompagné par deux charmantes compagnies, deux filles de trottoir, il s'était fait abattre n'éclaboussant que ses accompagnatrices. Une chance pour elles, sachant le nombre d'impacte retrouvé au feu rouge de la mort, elles n'ont rien eu à part la peur. Sur chaque côté de la voiture, une moto, deux gars dont un tireur l'avaient transpercé à coup de 11/43, le laissant fuyant sans regard.

Le parrain le Bègue est tombé aussi sous les balles dans le sous-sol de sa demeure, sa dernière demeure. Il n'a pas eu le temps de rétorquer pourtant il était armé.

Quand cela arrive, on se demande si Dieu existe. Moi, je crois que oui. D'ailleurs je suis encore là pour vous le dire. Après tous ces règlements de compte, j'ai préféré de me la jouer solo. Car la vie ne vaut rien, mais rien ne vaut la vie. Et je peux vous dire le bon milieu est pourri. C'était une partie de mes amis, bien d'autre ont aussi disparu dans les mêmes circonstances. La plupart des ces amis ou connaissances, je les avais rencontrées dès ma première incarcération.

Pour moi le règlement de compte estt la loi de la jungle. Dans le milieu, je suis sans pitié comme à leur place ils n'auraient pas eu de pitié pour moi. C'est le plus féroce, le plus rusé, le plus dur qui a une chance de survivre, si tu as le malheur de laisser une chance à ton rival, tu te condamnes toi-même à mourir, une mort cruelle qui t'aura coûté ton instant de pitié.

Pourquoi se venge-t-on ? Pour laver son honneur, pour répondre à l'appel du sang, pour châtier ce dont la trahison nous empoissonne, pour se faire plaisir, pour tenir une promesse, pour se prouver la capacité du geste, pour rattraper les années de prison, pour rester fidèle à la loi du Talion de l'Ancien Testament. Parce que, on n'a pas la force de pardonner ou pas envie ou simplement, parce qu'on aime la justice sauvage. Peut-être simplement, on préfère les plats qui se mangent froid.

Comme quoi le crime a aussi son école. J'ai aussi fait des rencontres, très riche, surtout des très riches, même très très riches. Comme la famille, celle dont le port d'Antibes a été offert par leur soin. Le fils adoptif de couple généreux était avec moi en cellule à Nice. Il touchait une rente annuelle de six millions de francs. Il a offert en guise de cadeau de mariage à sa femme, quelques hectares sur l'île de Pâques. Il voulait m'amener avec lui faire le tour du monde sur son bateau, son luxueux bateau. J'ai refusé, aujourd'hui en y repensant et en y réfléchissant de plus près, j'ai loupé le coche. J'en aurai profité un max.

Et un soir

La porte de ma cellule, s'est ouverte à vingt-trois heures laissant apparaître le visage fermé du surveillant chef. En personne cet alsacien nommé monsieur Stritch dans l'encadrement de cet enfer, m'annonçait la bonne nouvelle. "Meyer, m'avait-il dit, fais ton paquetage, tu es libéré." La cour de cassation avait penché en ma faveur. Une sensation libre envahi mon esprit, en un rien de temps, je suis sorti dans la coursive, sans rien, juste moi, sans rien montrer de soulagement, pas même un signe de faiblesse, juste, j'étais juste froid comme d'habitude, emmené au greffe et ma joie intérieure souriait à la grande porte qui s'ouvrait. Le greffier m'a demandé une adresse, j'ai donné celle de mon avocate, rue de la préfecture à Nice. Afin, de faire poursuivre mon courrier.

Nous avons fêté ma libération pendant quelques jours. J'ai regardé le vingt heures sur TF1, j'ai vu M. Badinter fou de rage. Rouge de colère, l'interview crispée et les questions des journalistes plus directes, le ministre a fait des réponses d'impuissance, d'avoir relâché et laisser remonter aux braquages des types aux casiers aussi épais que des annuaires. À la une de ce journal, ce soir-là le casse de plusieurs bijouteries, convoyeur de fond, a fait exploser la joie de voir que la plupart avaient été repris en flagrant délit. Moi, j'avais pensé remonter sur l'Alsace. J'habitais à Mulhouse, avec Ria et Virginie, ma fille, rue pasteur.

Mais la justice ne lâche rien. J'ai passé quelques semaines bien. Jusqu'au moment où j'ai appris l'arrestation de maître Wolff. Placée en garde-à-vue, elle était interrogée pour recel, association de malfaiteurs, blanchiment d'argent. Mon nom était remonté comme par magie. Que fallait-il faire ? Partir en cavale, attendre tranquillement les flics. J'étais assez angoissé. Pourtant il fallait réfléchir, mais j'ai continué à vivre normalement avec cette épée au-dessus de la tête tout en fortifiant ma défense. J'ai vu plusieurs avocats de Nice car mon avocate travaillait dans le même barreau. Et ce qui devait arriver arriva, la brigade du crime de Mulhouse a été saisit de l'enquête. Je me suis retrouvé incarcéré à la maison d'arrêt de la même ville. Nous étions toute une équipe à avoir suivi les assauts du moment avant d'avoir été éparpillé dans toute la France. Là, le ciel m'est tombé sur la tête. Un nouveau juge d'instruction avait été nommé à Mulhouse.

Monsieur Germain Sengelin, premier juge d'instruction, m'a dit de vive voix, " moi, la chancellerie ne me manipule pas ". Une phrase, peut-être la seule que j'ai retenue de lui. Le soir de ma mise en examen pour extorsion de fonds, racket, proxénétisme hôtelier, il m'a dit Meyer réfléchissez bien, sur ce que vous allez me dire au sujet de votre avocat Wolff. Car il avait tout pour confirmer qu'elle ne jouait pas que son rôle d'avocat. Lors de la perquisition de son domicile, ils avaient fait la découverte de fringues appartenant à mon associé qui continuait à gérer encore des enseignes, des bars. Ils avaient aussi appris que quand les tenanciers ne marchaient pas comme il le voulait, ils avaient eu d'énormes problèmes. Pendant la fouille de son appartement, ils avaient fini par retrouver des talons de mandats cash à mon nom. La première question de cet inspecteur avait fusé directement : "Comment expliquez-vous que votre avocate, vous envoyait des mandats, quand vous étiez en détention ? J'ai répondu du tac-o-tac. Monsieur le juge, je vais vous mettre à l'aise de suite. Je suis un voyageur, je ne sais ni lire ni écrire. J'ai demandé à ma famille de déposer de l'argent chez l'avocate. Et quand j'en avais besoin, je lui en demandais. Voilà la provenance de cet argent et le pourquoi du comment l'avocate m'envoyait des mandats." Je me souviens d'une phrase que cette avocate m'avait soufflée un jour lors d'une audience, attention aux paroles prononcées car tu les chantes à Dieu.

Ces arrestations avaient bien eu lieu pour rattraper l'erreur de la Cour d'Appel. Mais je n'avais pas dit mon dernier mot. Ils avaient mis Guy et Tony à la maison d'arrêt de Mulhouse. On sortait pratiquement tous les jours pour aller chez le juge d'instruction. Il nous aimait bien. Il avait compris par lui-même que la responsabilité de la chancellerie dans la manipulation de ce dossier, avait pour but de me remettre derrière les barreaux. Il m'a dit textuellement: " Meyer si tu veux que cela bouge, il faut faire quelque chose pour que le parquet réagisse ". Alors de retour en détention, j'ai mûrement réfléchi et j'ai demandé au juge de m'accorder un parloir exceptionnel que j'ai adressé avec un écrit adressé à ma femme Ria, mon courrier est bloqué par ses soins.

Ce parloir m'a été accordé, ainsi Christine, ma femme est venue me rendre visite. C'étaient les premiers parloirs libres. Lors de ma rencontre avec elle, je lui avais soufflé de contacter " Les dernières nouvelles d'Alsace " de prendre rendez-vous avec le rédacteur Chortkel en lui précisant bien qu'il aurait la Une de la presse car une avocate était en jeu.

Tout le monde était très intéressé par cette affaire. Elle devait aussi prévenir FR3 Alsace et nous avions convenu d'un jour et une heure précise où nous allions passer à l'action. Avec un vrai spectacle pour l'intérieur de la prison. Mes deux complices de mon affaire et moi avions discuté en promenade, on s'était mis d'accord, chacun devait se couper un doigt pour accompagner une lettre adressée à ces magistrats.

Quand nous sommes passés à l'action, une fois le petit doigt coupé, nous devions avaler des lames de rasoirs pour être sûr d'être hospitalisés. Un seul but était visé, car on ne comprenait pas pourquoi cette gentille avocate était incarcérée. C'est ainsi que le scandale a explosé dans les médias. Dans la chambre ou les blouses blanches m'auscultaient, je n'avais plus le bleu en coin qui me surveillait en permanence.

Nos femmes étaient présentes, mais elles ont été expulsées, pendant que nous étions en salle d'opération. Les cris redoublaient dans l'affrontement de ces guerrières déchaînées contre, la droiture de la police. Dans un seul élan, on s'est levé tous les trois, une énorme baston dans cet endroit restreint qu'est la salle de soins, s'en est suivi avec l'escorte de képis. Tellement lâches, qu'ils nous avaient gazés et en plus cerise sur le gâteau, ils avaient lancés les chiens pour nous attaquer, peut-être même nous dévorer.

Quand le soir le juge Sengelin était venu nous voir, il n'en croyait pas ses oreilles, les médecins eux-mêmes décrivaient les scènes de chaos qui se sont déroulées dans la salle stérilisée pour sauver des vies. Mais ce brave juge, nous a promis de nous remettre en liberté. Derrière sa petite paire de lunettes, son front dégarni qui avait transpiré suite au récit, rendait son air encore plus Alsacien.

Quelques jours après, avec un doigt en moins, il m'a fait venir de ma cellule pour me faire signer ma liberté provisoire. Mais en France, le Pays des Droits de l'Homme était plutôt dépeint de sa devise: liberté fraternité égalité. Je n'étais pas arrivé à la maison d'arrêt que le procureur avait fait appel de ce rendu judiciaire. Je n'étais pas sorti que je me suis vu transféré pour celle de Nice.

Bien sûr, la chancellerie avait trouvé comment me maintenir en détention deux années de plus. Ils avaient appelé ça, une prise de corps afin d'être présenté à la Cour d'Assise. En tout sept années de privation de liberté, s'étaient passées en provisoire, en attendant notre passage en assises. Il m'était difficile de prouver mon innocence. On ne peut pas le comprendre si on ne l'a pas subi. Moi, je l'ai vraiment vécu. Dans le même temps, Maître Wolff et mes amis étaient passé au tribunal de correctionnel de Mulhouse.

Wolff a été défendu par Jean-Louis Pelletier. Guy par Maître Alain Chémama, moi par Maître Michel Cadix, Jean par des avocats de Toulouse, Alain d'Agen et les autres par ceux de la région. Martine Wolff a été relaxée, Guy et moi relaxés, on est toujours incarcéré à ce moment-là. Ma brave Betty, elle s'est fait la malle, une cavale sur Alicante. Gérard a écopé de trois ans ferme pour proxénétisme hôtelier, Tony l'homme de main pareil, comme pour Alain,

Jean et le petit Michel. Mais on a perdu gros car la nuit suivante, les flics ont fait une descente dans sept établissements et tous ont été fermés. Les keufs savaient d'où venait l'argent et que cela servait à beaucoup de choses. Mais ne vous inquiétez pas, nous sommes vite retombés sur nos pieds.

Quand la balance flanche

Le proxénète casse-croûte dont tout le monde parlait et qui avait une confiance absolue en lui était autour d'une table dans un restaurant où nous avions l'habitude de venir se rencontrer pour parler un peu des affaires des uns et des autres. Sans se méfier, en toute confiance, peut-être une routine sans barrière a fait de nous des abrutis quand on pense à notre chartre, assis ici avec nous tous, tu ne dois rien sortir de nos conversations sous peine d'être effacé de notre cercle.

Pourtant la police judiciaire était bien au courant et venait lever un ou deux de cette équipe quand une nouvelle affaire venait d'être conclue. Cette petite merde de Francky qu'avait ses gonzesses, travaillant sur Nice, n'a jamais eu le moindre problème, aucun procès verbal. Jusqu'au jour où Marc et son équipe sont tous tombés dans les mailles de la police. Une affaire, une grosse affaire, Genève à l'époque, ils ont sorti un million de Francs suisses de la banque juste avec la parole.

Une parole que certains ne savent tenir. Ils ont embrouillé le directeur du coffre géant en lui faisant croire être membre de la mafia italienne. Ils lui ont fait croire avoir des millions de dollars à blanchir. Cet échange est prévu dans un hôtel à Paris.

La malle transportant cette fortune a été étudiée auparavant. Jusqu'au fond, les fonds étaient en pailles recouvertes par une couche de liasses, un cache-misère de tromperie. Cette luxueuse affaire a éclaté grâce à Francky. Un vrai indicateur notoire malheureusement pour lui, il est tombé en prison pour proxénétisme, incarcéré aux Baumettes. Le passé l'avait rattrapé, en sortant de sa peine, dans la journée. Un après-midi libre comme l'air, il a été abattu devant chez lui. Beaucoup ont dû sabrer le champagne quand sa parole s'est tue.

La reprise

À peine sortie de ma peine, j'ai refait un tour en Alsace et en quelques mois j'ai ouvert quatre nouveaux bars. Le tout, je l'ai fait au nez de ces chers flics. Avant, de ma prison, ce n'était pas facile, on ne sortait pas souvent du centre pénitentiaire, l'administration faisait la sourde oreille, quand les détenus demandaient quelque chose. J'ai vécu de grosses mutineries, ça pétait grave.

C'était aux Baumettes, elle a duré une semaine. Tous les écroués sont sur les toits et à l'intérieur, Maîtres des lieux, on devait faire le plus de dégâts possible. Dehors, on ne s'approchait pas des murs car ils nous tiraient comme des lapins, à balle réelle. La cantine a souffert des assauts de pillage, surtout le rayon d'alcool. Et oui, avant, le personnel carcéral laissait consommer trois bières par jour et par personne. Le stock de cette denrée rare aujourd'hui dans un établissement pareil était bien garni. Nous étions deux mille détenus.

Deuxième objectif était bien évidemment l'infirmerie, pour la pharmacie du bonheur. Les deux produits, cachet et alcool, avaient souvent été transformés en cocktail explosif. Avec le sang, le regard froid, le mélange transformait les coups reçus en caresses. Les surveillants se sont barrés, laissant place aux CRS ou encore aux gardes mobiles. Les frappes se sont fait entendre dans les cris de douleur qui s'en suivaient. On n'avait rien à faire de ces petits prisonniers, aucune plainte n'arrivait et même ne sortait de ces murs.

Au début, personne ne passait au tribunal pour les dégâts causés, la pénitentiaire se chargeait elle-même de te faire payer au prix fort ta révolte. Au bout d'une semaine de bordel, on a baissé les bras, mais on a obtenu à cinquante pour cent nos revendications.

Dans toute la France, les prisonniers écoutaient sur leur petite radio, les mutineries qui faisaient là une des médias et avaient comme idée de faire la même chose dans les maisons d'arrêt. C'est pour ça qu'aujourd'hui, il ya tout le confort, l'école, la cantine, télévision, frigo, plaque chauffante et surtout l'eau chaude et les douches tous les jours, sans oublier l'extinction des lumières a disparu. Je suis tellement surveillé, de l'œilleton au mirador, que je suis transféré très souvent, on appelle ça le baluchonnage pénitentiaire.

Pas moins de huit établissements m'ont reçu, puis je repartais en remontant la liste descendue. J'ai demandé un rapprochement familial sur l'Alsace, je me suis retrouvé à Fresnes, c'est une décision prise par le service de l'orientation des détenus. De là, ils m'ont transféré sur l'île de Ré, Saint-Martin, la caserne. Ils ont dû sentir que c'était trop bien pour moi, car ils leur manquaient juste un brin de sécurité. Je me suis vite retrouvé dans le quartier d'isolement, à cause de suspicion d'évasion. J'ai tapé quelques mois dans cet endroit, en me jurant de me venger de ce traitement injustifié. Encore aujourd'hui, je ne comprends toujours pas cet acharnement avec ces raisons non fondées. C'était du blablabla...juste pour se sentir soulager en cas de travers. J'ai demandé au directeur de me transférer au plus vite. Ma demande avait suivi d'effet, mais pas pour moi, mes potes ont tous été d'office expédiés. Une phrase du directeur avait retenu mon intention.

« Meyer, ici c'est moi le bon Dieu, si tu bouges une oreille, je serai forcément au courant. Je lui ai répondu que je ne bougerai pas, mais je vais bouger ta prison ». Il a rigolé. Une semaine après, il y a eu une mutinerie, Saint-Martin n'avait jamais connu ça auparavant.

Une preuve de l'importance de cette situation, les CRS ou les gendarmes mobiles, ne s'étaient même pas chargés de cette escalade de violence. Le GIGN sont intervenu en négociant la rémission de tous les détenus. J'ai pris possession du bureau du directeur avec un certain sourire en imaginant la tête de celui-ci. J'ai de son téléphone pris le droit de contacter les télévisions et les radios. Une question revenait souvent, est-ce que vous avez des armes ?

Sans réponse à ce sujet, je leur ai dit de mettre les caméras en direction des grandes fenêtres du deuxième étage. Pour monter la mayonnaise, la réponse allait venir sans tarder. Nous avions fabriqué avec des extincteurs des lances flammes. Je peux le jurer encore, on a bien failli se faire péter la gueule plusieurs fois. Une simplicité: on vidait le contenu pour le remplacer par de l'alcool à 90. Une flamme d'espoir allait brûler jusqu'à une dizaine de mètres. L'enfer a dégagé les prières de nos armes artisanales en causant beaucoup de dégâts.

J'ai personnellement parlé avec le négociateur du GIGN. Je ne voulais pas voir morfler mes codétenus. On en avait marre de prendre des coups. Tout s'est bien passé avec eux, ils avaient tenu leur parole. Le transfert que j'avais demandé, avait été accepté, certes, un peu forcé. J'étais envoyé à Poitier directement au mitard. Quarante cinq jours m'ont été offerts sans discussion. J'ai entamé une grève de la faim. Résultat, cela ne m'a servi à rien.

Aux quarante troisièmes jours, je suis sortie de ce trou pour un transfert à Niort, car il était impossible d'après la loi, faire deux fois quarante-cinq jours consécutifs de punition dans le même établissement. D'où ce déplacement. Là-bas le chef était un bon père, j'ai recommencé mon bordel, une nouvelle fois une grève de la faim. Le chef venait tous les jours me voir pour me faire la morale. Il disait tout le temps: il faut manger. Mais moi je n'avais qu'une chose en tête, c'était de partir vite de là. Et un jour en plaisantant, je lui ai dit: "je mange à condition d'avoir un poulet rôti avec de bonnes frites mayonnaises." La même question allait jaillir de sa bouche. Si je te l'emmène, tu vas manger ?

Puis vers quinze heures il est revenu avec un saladier rempli de ma demande. Je n'ai rien montré, mais j'étais hyper content de ce repas. La faim rendait la fin de ma grève. A la fin de ma punition, les entraves aux pieds, les mains enchaînées, je suis retourné à Fresnes. J'ai compris il ne fallait plus trop plaisanter, car il m'avait mis dans le summum de la prison française.

Oui ! C'était une tombe, si tu ne l'as pas vue tu ne peux pas l'imaginer. Je me suis réfugié dans le sport, tous les jours à faire des efforts physiques. Je courais le matin et l'après-midi, je faisais aussi de la musculation. De toute façon il n'y avait rien d'autre. Il y avait une bonne entente entre détenus. J'ais été libéré juste à temps, les autres rêvaient d'évasion.

Je peux dire et justifier, on pouvait faire tous les sports du monde, les murs d'enceintes étaient infranchissables. Ils étaient distancés chacun de trente mètres. Il y en avait trois en tout. Sans compter les miradors, on pouvait dormir sans aucune inquiétude, nos rêves étaient sécurisés.

À mon départ, j'ai appris l'évasion, elle avait mal fini. La faille de cette cage, c'était la cantine, la liberté était là. Un surveillant avait perdu la vie et celle d'un détenu aussi. Une fois à l'extérieur, certains taulards avaient ouvert le feu sur les forces de l'ordre. J'avais un ami dans le Lot, il n'a pas réfléchi une seule seconde à prendre la poudre d'escampette, cette galère lui a coûté très cher. Un jackpot d'années l'a condamné.

Quand j'y repense à l'instant, je me dis heureusement ce jour là j'avais une bonne étoile. En lisant mon histoire, malgré mon jeune âge, personne ne m'a tendu la main et surtout personne ne s'est préoccupé lors de ma libération, si j'avais un toit et ce qu'il me fallait pour affronter la réinsertion. Heureusement je savais où aller, lors de mon incarcération j'avais fait de belle rencontre. La prison est la meilleure école du crime.

Une belle rencontre

À la mémoire d'un ami, retrouvé mort dans sa cellule. Pour moi on l'a aidé. Croyez-moi, c'était une personne qui aimait vraiment la vie. Il venait d'être papa. Oui ! C'est toi Patrice. Je me rappelle quand tu es venu me chercher à ma sortie de Clervaux. Ma fille venait d'avoir à peine seize ans, je me rends compte du temps passé, elle en avait six ans quand je me suis retrouvé enfermé. Nous sommes allés directement à Mandelieu, chez toi. Nous avons fait la fête pendant des jours avant de repasser à des choses plus sérieuses. De cette peine, j'avais effectué dix ans sur douze. La seule chose qu'on m'a laissée, sont les grâces présidentielles. Cela m'a coûté mon mariage, le divorce avec Ria, j'ai perdu la plus belle richesse, la femme que j'aimais. J'ai tellement aimé les femmes que j'en ai perdu la mienne.

J'étais sentimentalement perdu, mais la prison de Nice m'a permis de rencontrer une voisine.

De ma cellule, une résidence me faisait face à cinquante mètres, à chaque fois je voyais une femme étendre son linge sur son balcon. Et un jour, une idée a germé, j'ai collé ensemble deux feuilles d'A4, pour créer un panneau assez grand, j'avais inscrit en grosses lettres mon nom et prénom. Un soir avec l'aide d'un miroir et le couché du soleil, je lui ai envoyé le reflet de la lumière dans son appartement. Elle accourrait à chaque fois sur le balcon. Et subitement un soir j'ai déplié mon collage, et tout ça au lieu d'hurler par la fenêtre à cause des miradors. Puis dans les jours qui ont suivi, j'ai reçu un courrier de sa part, signé Danielle. J'étais comme un gamin. Nous avons ainsi conversé pendant de longues années.

À ma sortie, elle était là. Nous avons vécu ensemble pendant six mois. Cette histoire, s'est arrêté car ma fille et elles ne s'entendent pas du tout. La jalousie de ma fille et celle de Danielle obligé de mettre fin à notre relation. J'ai préféré garder ma fille mais je ne suis pas resté longtemps célibataire. J'ai quitté son logement de Nice.

J'ai acheté un appartement, certes, un luxueux appartement. Obtenu par un ami, Bernard. Un grand monsieur, à la barbichette d'homme d'affaire, un filou dans le domaine de l'immobilier m'a vivement conseillé de l'acquérir. Ne me demandez pas comment je me le suis payé. Il se situe proche du lycée de St Laurent. J'ai été en pourparlers avec mon ex-femme Ria pour et afin de voir ma fille Virginie venir s'installer chez moi. L'intérieur pouvait l'accueillir sans aucun souci. Sur les cent cinquante mètres carrés, trois chambres, un grand salon et une très belle cuisine, deux magnifiques terrasses, une piscine privée, était un lieu de rêve. L'accès se faisait en sens unique.

Ria avait accepté sans problème. Ma fille a envahi les lieux et fait de sa chambre son univers. Je dirais même que l'appartement était son fief. Elle avait à sa disposition toute la technologique de l'époque. J'ai adoré cet emplacement car on pouvait rentrer dans le sous-sol par un côté et en sortir de l'autre, précaution utile dans le cas où. Mais la praticité est d'avoir le lycée à trente mètres.

Ma fille avait plein d'amis dont une habitait la première entrée. Une aubaine pour moi car son père portait le même patronyme. Ce Roland Meyer recevait mon courrier et sa fille venait me l'apporter car bien sûr, comme je réfléchis souvent dans mon intérêt, je n'ai pas inscrit mon nom sur ma boîte aux lettres. Et surtout je calculais d'avance comme je ne suis jamais à l'abri d'une perquise matinale. Je n'aime pas les surprises, autant en faire profiter le cadeau à un autre. Quand on sait comment pratique et agit la police ou la gendarmerie au réveil.

Je me suis remis avec Myriam, une fille rien à voir avec le milieu, elle venait de la Sarthe, c'était une travailleuse. J'avais repris une patente pour refaire les marchés et j'avais aussi pris de belles places. À Nice, Cagnes/mer, Antibes et Cannes. Je ne m'étais pas installé sur Monaco et Menton car cela pullulait de douaniers et mes marchandises, la plupart du temps, étaient tombées du camion. Je vendais des jeans Lévis Strauss sortie d'usine moins chère que toutes les enseignes dignes de ce nom.

Un jour j'ai poussé le vice encore plus loin, je suis allé au restaurant, la cantine des champs de courses sur Cagnes sur mer et j'ai abordé les lads et les jockeys, très renommés de nos jours. Je leur ai parlé de mes potes. Ils avaient tapé un entrepôt plein de marchandises de marques. Par la suite ils sont devenus mes meilleurs clients. J'ai obtenu un laissé passé pour mon véhicule. Avec le badge accolé sur le pare-brise, j'entrais sans problème jusqu'au paddock. Comme dans ma voiture, je n'avais pas de cabine d'essayage, homme et femme se changeaient au cul de ma bagnole.

Ce magasin ambulant m'a rapporté. J'étais tellement devenu ami avec eux, à la buvette je leur ai parlé et déposé une machine à sous. Comme ma discothèque « Le King-club » est accolée aux champs de course, les amis des chevaux sont devenus les amis de ma boîte. Pendant longtemps, j'ai déposé des machines à sous de Nice et sur ce tout le bord du littoral, et cela me rapportait beaucoup d'argent.

Une nuit vers trois du matin, je dormais à point fermé. Un sommeil rêveur dans cet endroit paisible. Ma fille m'a réveillé pour m'annoncer que la police était dans le salon. Je me suis levé. Fou de rage, je me demandais, ce qu'il me voulait à cette heure-ci. Surtout que j'avais des choses pas trop légales. Cela traînait dans l'appartement, il m'aurait valu quelques années de prison. Face à eux, la communication est normale. Ils m'ont demandé, si je suis le propriétaire d'une BMW. J'ai dit oui. Ils m'ont annoncé que les pompiers étaient sur le pied de guerre pour éteindre l'incendie de ma voiture. Cela, je l'ai pris pour un avertissement et j'ai redoublé de vigilance.

Après avoir étouffé les flammes, ils ont trouvé un calibre à l'intérieur du véhicule. La question était posée, si c'était mon arme, bien sûre que non. J'ai donné une explication, en répondant du tac-o-tac, c'est sûrement les gens qui ont mis le feu. Mais moi, cela ne m'inquiétait pas plus que ça. Par contre du moment où les flics savaient où je créchais, il a fallu faire le ménage de suite. Il m'a fallu retrouver aussi une nouvelle planque.

La concurrence, je ne la craignais pas, mais des fois, j'avais en face la peur d'en mourir. Toutes les semaines de Nice à Toulon, de Marseille au Vaucluse, il y avait des règlements de compte. Dans le milieu, ils savaient la place que je prenais, plusieurs personnes m'ont proposé de racheter mon gagne-pain.

J'ai refusé systématiquement car au-dessus de moi j'ai des patrons, je ne suis qu'un petit pion même si c'est moi qui avais trouvé les emplacements. J'ai vu trop d'amis, sans savoir l'heure où le jour, mourir.

Un vendredi, j'ai vu arrivé Jeannot le Corse. Cela m'a étonné de le voir débarquer sans prévenir. Sa visite avait pour but, une voiture. Il lui fallait en plus de la caisse, des armes. Je lui ai dit, je n'en ai pas, mais je pouvais voir des amis pour cela. Aussitôt dit, aussitôt fait. Il a pu avoir une Renault 21 turbo, volée il y a peu de temps. Jean-Marie lui a donné deux quarante-quatre à barillet. Nous ne lui avons posé aucune question. A l'époque tout cela était normal.

Le dimanche suivant, dans l'après-midi, je n'étais pas très loin de St Paul de Vence où il y a quelques caravanes sur un terrain, les grillades faisaient partie du décor. Une belle journée ensoleillée s'est écoulé. L'odeur enfumait nos narines, les rires se sont mêlés à la discussion. Les braises chantaient. Les merguez, les côtes ont dansé sous une chaleur enflammée.

Quand soudain ! Jeannot est revenu nous dire, trois jeunes corses ont loupé un braquage du PMU de Cannet Rocheville, périphérique de Cannes. Il nous a dits aussi que la voiture volée que nous lui avons donnée est resté sur place. Il nous lui a fallu la récupérer. Mais le plus urgent a été de rapatrier un des trois jeunes, blessé pendant l'attaque. Planqué dans un sous-sol à quelques rues du

PMU. Il a fallu le faire sortir de là. Ceci n'a pas été une mince affaire. La ville est devenue une fourmilière. Des képis armés jusqu'aux dents, sur les dents, en dents scies, ont convergé dans tous les sens. Le danger est présent et augmentait à chaque fois que la trotteuse du temps avançait.

Moi, je viens de sortir de dix de prison. Si et avec des scies, j'aurais coupé des arbres, je m'étais fait reprendre en arrachant un type d'un braquage, j'aurais ramassé autant que les principaux auteurs. J'étais jeune et con aussi, je n'ai pas réfléchi à la situation pénale mais au problème présent. Nous avons rejoint Cannes puis la cachette du fugitif esquinté. En descendant l'escalier peu éclairé, j'ai vu briller malgré tout le canon d'une arme pointé sur nous. Heureusement Jeannot en Corse, lui a d'un ton accentué, dit de la baisser. On l'a sorti bien tant que mal de sa prison noirâtre. Il a vraiment été touché, rouge de partout. Une sale blessure qu'il avait.

On l'a ramené dans la caravane de Myriam, une ex à moi. Elle a essayé de le soigner. Au mieux, mais la balle a fait beaucoup de dégâts. Pendant ce temps-là, d'autres ont récupéré la caisse du casse pour soigner celle-ci avec le feu. Je suis allé à la rencontre sur Nice, du parrain de l'époque. Pègre que je suis, j'étais là pour lui demander d'urgence un docteur. Après lui avoir expliqué la situation, d'un regard, j'ai compris. Le médecin resterait caché dans son carnet d'adresse. Il ne connaissait pas le jeune. C'est pour cela qu'il n'a rien fait pour lui venir en aide. Il n'a pas voulu se mouiller dans cette affaire. De retour, j'ai demandé au jeune un numéro de téléphone de sa famille. Péniblement, il a articulé difficilement, j'ai eu le temps de bien noter entre ses râles. Je me suis rendu dans une cabine publique. Au bout, en Corse, son père dans le combiné m'a demandé de conduire au plus vite son fils à l'hôpital, après mon explication. Sa blessure est très grave. Sans aucune question je l'ai chargé dans ma 605.

Aux urgences, j'ai expliqué à l'homme en blanc, l'accident de moto qu'il vient d'y avoir. Je me suis cassé sans me retourner de cet hôpital d'Antibes. L'opération a duré quatre heures. Il est vivant. Il est libre de respirer mais emprisonné dans l'attente de l'instruction. Par la suite, j'ai entendu le verdict, neuf années d'enfermement. Il n'a jamais livré ses complices. Mais quand je l'ai déposé, j'ai filé à l'aéroport acheté deux billets pour Bastia. Le soir même, les deux autres se sont envolés.

Dans l'histoire, les malfaiteurs dans une confusion indescriptible, l'un d'eux a tiré sur le futur condamné. Après avoir tout raflées, ils n'ont pas laissé deux balles dans le braquage mais une seule dans le ventre de leur complice. Heureusement le coup a réussi. Quand le parrain de Nice a appris le nom du jeune, il m'a demandé de garder le silence. De ne jamais parler de ma présence ce jour-là, chez lui. J'ai tout raconté à la famille du jeune blessé. Du début à la fin en passant par le refus du fameux parrain.

Depuis quand je viens en Corse, toutes les portes s'ouvrent à moi. J'ai passé de bonnes soirées avec les deux autres de cette attaque qui étaient dehors, libres. Je suis bien vu. On a même fait quelques parties de chasse. J'y suis resté six mois. Une belle rencontre, salutaire certainement, mais la belle journée s'est terminée avec la vie. Mais la mort n'est jamais très loin, le Bègue n'est plus Parrain mais poussière.

Le marché

On m'a proposé d'inonder les petits restaurateurs de viande. Je ne devais pas être normal car j'ai accepté. J'ai compris que cela allait me rapporter bien plus que mes machines à sous ou que la vente de drogue. J'ai dit oui en pensant à la facilité du marché. Je me suis associé à mon ami Patrice, après lui en avoir parlé, il m'a dit c'est bon, on fonce. Sa maman a elle-même une boucherie à Cagnes sur mer, avec deux chambres froides. Les camions arrivaient directement, avec la marchandise sous vide. C'est le top de la viande que l'on recevait. Les restaurateurs se sont jeté dessus. On leur a revendu la viande sans facture et surtout à des prix concurrentiels.

Cette viande venait des abattoirs de Dijon, là où les grandes surfaces étaient clients. Nous avons des chefs de rang dans chaque enseigne, ils travaillaient pour nous. Chaque jour des palettes n'étaient pas déchargées des camions, elles repartaient et s'arrêtaient chez-nous pour les décharger. Environ tous les trois jours le stock se remplissait. Bien sûr chaque transaction est payée par les grandes surfaces et nous les revendons une deuxième fois aux petits clients. Cette entreprise a fonctionné magiquement jusqu'au jour ou la répression des fraudes alla goûter aux finances de cette viande. Ils ont demandé à plusieurs de mes clients de leur fournir les factures. L'entreprise a tiré le rideau suite à ce contrôle.

Comme un proverbe

On a fait les hommes de main pour un certain Alex et son fils Bernard. Ils avaient toutes les entrées dans les abattoirs dont celui de Nice. Il est tenu par un syndic. Moi, je disais plutôt par un escroc. Cette personne qui a joué ce rôle était un magistrat du tribunal de cette belle ville. Est-ce qu'on peut citer son nom? On va le nommer Picarrani. Alors ce juge a fait le charmeur auprès de belles commerçantes comme la pauvre Suzanne, elle a perdu sa grande boucherie aux galeries de Nice. Elle a aussi perdu celle des halls de Cagnes sur mer.

Monsieur Alex nous a demandé de lui rendre visite aux abattoirs. Patrice et moi, accompagnés de Suzanne, une petite femme énergique, une belle crinière de lionne, un regard vif sur ses affaires, nous avions été à ce fameux rendez-vous. Nous avons été reçus par ce juge. La première question de ma part a été brute et directe, pas question de tourner en rond. Nous avons des renseignements sur lui notamment le fait qu'il habitait sur un bateau de luxe.

Malgré sa droiture dans son entreprise, elle a trouvé en lui un bon Samaritain, elle croyait en lui comme dans un livre. Il lui avait fait croire monts et merveilles. Suzanne, quant à elle puisait dans les économies de sa vie. Il l'a dépouillé. Nous avons entamé une discussion rien à voir avec le langage de la procédure pénale. Cette conversation d'adulte a été assez houleuse. Il nous a demandé de revenir la semaine suivante pour essayer de trouver un arrangement. Nous savons très bien que l'on ne risquait rien avec lui, c'était un ripou et un pourri. Dès la semaine suivante, nous sommes réapparu dans le même bureau. Sans savoir ce qui nous attendait vraiment. Il nous ne connaissait pas.

J'y pense encore, il croyait avoir à faire à deux branleurs. Assis derrière son bureau, les yeux sûrs de lui Il a fait appel à deux de ses amis pour nous impressionner. Il a commis la plus belle erreur sa vie. Des deux, il y avait un parrain corse, celui qui m'a adopté comme son fils. C'était julien, il est accompagné par Lee, lui je ne le connaissais pas. Le corse a éclaté de rire en me voyant. Il a regardé le juge sans un mot.

Et d'un coup il lui a dit, démerde-toi, c'est mon ami, je ne peux rien faire contre lui. Ses deux amis lui ont parlé en Corse, je suppose car je n'y ai rien compris. En titre de dédommagement, nous avons touché quelques camions de viandes. Suzanne a pu récupérer ses biens et une enveloppe de deux cent mille francs. Moi, je me suis payé la 605 trois litres qui en ce temps valait 200000 F, c'était la voiture de Suzanne. Tout était bien qui finissait bien.

Charolaise en or

Je me suis retrouvé dans les abattoirs de Dijon. Je vous jure là, le directeur lui-même était mêlé dans une grosse affaire de détournement. C'était beaucoup moins facile en proportion de celui de Nice, nous nagions en eaux troubles.

J'étais sportif, le coup de poing ne me faisait pas peur, mais il faut rentrer à six heures du matin dans un abattoir et traverser le bâtiment de découpe de la viande avec ces hommes en blouses et bottes blanches aspergées de rouge, des couteaux, des scies et autres armes en main et nous en habit présentable, au nombre de quatre, Alex et son fils Bernard. C'étaient eux qui nous avaient engagés pour cette affaire, marché sans assurance et sans arme de défense, nos yeux regardaient dans tous les sens. La peur sans la laisser apparaître au ventre. Pas fier, on marchait sans s'arrêter. Nous n'étions pas là comme clients, mais pour une tout autre affaire. Je pense encore aujourd'hui, j'étais content d'atteindre la porte qui menait au bureau.

Nous aurions bien pu finir en saucisses. Une fois dans le couloir, plusieurs portes, mais une seule nous intéressait, celle du directeur. Une fois en sa compagnie, on l'a obligé d'appeler son comptable. On savait que celui-ci était l'élément clé de ces magouilles. Une fois tous ensemble, la discussion a commencé. Le matheux ne voulait rien lâcher. Alors on a sorti la boîte à négociation. Dans cette pièce, les claques ont claqué la chair de ce mec, car il n'a pas voulu sortir la monnaie. Et ce pourri de directeur ne nous avait pas facilité la tâche. Certes, son beau-frère travaillait à l'DST. Mais Alex savait comment si prendre, les camions passaient par la frontière et finissaient dans les grandes surfaces. Nous avons tenu quelques mois. Dans le Var à cette période, les fusillades ont transformé les adversaires en boudin.

La viande est charolaise. Toute la famille de ce bisness a aimé le prix que l'on faisait. Nous n'avions aucune concurrence directe, mais ça c'était avant. Le milieu a commencé à s'intéresser, moins risqué que la drogue et cela rapportait bien plus. Quelque temps plus tard tout le monde avait le nez dedans. Les derniers sont les premiers à avoir eu des problèmes. Alors à Dijon, nous nous étions rendus d'abord au domicile du responsable de l'abattoir. Patrice, mon ami, a escaladé l'immeuble pour s'introduire dans l'appartement.

Tel un chat, il a bondi sur le balcon et a tranquillement poussé la porte-fenêtre et entré pour nous ouvrir la porte. Moi et mes employeurs, sur le palier, après avoir jeté un œil dans le judas, il nous a ouvert la porte. Patrice était le plus agile et le plus souple des quatre. Bien plus maigre, mais il avait une faim de loup. Alors une fois dans le salon, mes complices sont avachis sur le canapé. Moi pendant ce temps j'étais dans la cuisine, comme-ci celle-ci était la mienne, j'ai préparé une omelette, servis trois verres d'un bon whisky. Nous attendons simplement qu'il rentre. Manque de chance, il n'est jamais rentré, alors que l'horloge nous avait indiqués sept heures, l'évidence a démontré son absence, seule solution était de se rendre directement sur son lieu de travail. Voilà pourquoi nous étions dans son bureau, Alex devait récupérer plusieurs tonnes de viande, une dette qui saignait le manque de volonté de cet escroc. Mais comme il n'a pas compris le langage d'Alex, Patrice et moi on a dû reprendre le relais. Alex lui a ordonné d'appeler le comptable. Et sous quelques gifles, il a mystérieusement retrouvé le numéro de celui-ci. Les choses ont commencé à devenir sérieuse dés son arrivé. Patrice lui a demandé s'il a bien compris notre présence en ces lieux. Le comptable derrière cet air hautain, a clairement dit qu'il ne paierait rien, pas un sous, même pas un kilo de viande.

Patrice est plus qu'énervé, dans la seconde même, a saisi le téléphone sur le bureau et d'un coup en prenant bien soin de prendre de l'élan alla claquer le combiné numéroté sur sa tronche, il s'est éclaté sur son sourire narquois. D'un bond le directeur s'est levé, mais rassit aussitôt par la provenance de mon poing. C'était à ce moment-là où je lui ai expliqué, que nous venions justes d'arriver de son domicile où l'on a bien mangé et bien bu à sa santé.

Je pense à ce moment précis qu'il a compris qu'il ne fallait pas trop jouer avec nous. Après de longues heures d'attente et quelques pansements pour les uns, il s'est enfin décidé à nous donner ce que l'on voulait. Il n'avait pas toute la somme due. Nous nous sommes rendus à l'hôtel où le fils d'Alex nous attendait. Pour moi j'ai récupéré une BMW325I, une Bmw 320I. L'immatriculation était basée sur Dijon, et avant on ne changeait pas de plaque. Cela m'a arrangé en tout point et de plus, elles sont au nom de la société. Je suis devenu commercial. Après avoir obtenu notre gain, nous avons changé de métier. Attention toujours dans la même branche, ramasser les sommes dues.

Un sacré coup

Un souvenir de Patrice, il avait un sacré penchant pour les bijouteries. Je me rappelle la fois où moi incarcéré à Clervaux lui il était en train d'en taper une.

Ils sont trois, à bord d'une voiture allemande hyper puissante, volée en direction de Monaco. Il est midi, la boutique juste en face du café de paris, a explosé les vitrines sous les coups de masse de ses complices. En à peine dix minutes et en plein jour, entre les passants, les restaurants autour, ils ont réussi à vider de tous les objets de valeur avant de rentrer tranquillement par les corniches jusqu'à Nice. Cette histoire a été tellement belle qu'il me la racontait tout le temps. Une discussion habituelle entre ami.

Un jour il m'a dit, nous allons faire une superbe affaire sur l'arrière-pays pays de Nice. Il a fallu trouver dix garages. Un pour chaque membre de l'équipe.

Il y a des jours je me suis demandé s'il ne fumait pas des produits illicites en cachette. Moi, je n'étais pas chaud de m'engager, mais, il avait ce don de persuasion. Il m'a dit, Roland tu te rends compte, Jacques Chirac et les autres présidents descendent à cet hôtel et la sécurité est au top, à toute épreuve. Ce travail concernait vingt modèles uniques au monde, de la firme Porsche. Ce samedi est à l'honneur sous les chapiteaux de cet événement. Montés à l'intérieur de l'hôtel « Le Martinez », les véhicules sont arrivés par semi-remorque. Ils sont exposés.

Les rédacteurs de tous les journaux dont les pilotes de renoms faisaient la promotion des ventes de leur canard sont présent. Tous ces mordus de conduite ont été invités. Ils ont fait tourner les moteurs de ces bolides. À neuf heures du soir, Philippe, un membre de notre équipe a débarqué chez-moi avec un grand sourire. Il s'est installé dans mon salon, il a ouvert son blouson laissant apparaître une vingtaine de clé de bagnoles. Toutes celles des voitures exposées.

Il a passé toute l'après-midi à observer le déroulement de cette manifestation. Je ne vais pas caché, nous avions une complicité interne. Malheureusement, ce soir-là, nous étions que sept sur dix. Mais le plan initial n'a pas changé. Après cette décision rapide, nous sommes passés à l'action. Je peux vous dire que ce n'est pas la foudre qui avait neutralisé, mais une simple lame de couteau en était arrivée à bout. Les clés de contact avaient un numéro correspondant à chaque caisse. Et chaque chiffre était affiché sur le pare-brise de ces belles voitures.

Nous avons ciblé les plus belles couleurs, mais surtout celles qui avaient le plein de carburant. Une précaution valait mieux que le risque de tomber en panne sèche en prison. Tout a été préparé à la seconde prêt. Sans que personne ne se rende compte de ce qu'il allait arriver, l'équipe au volant de ces bijoux a démarré sur les chapeaux de roue. On a tous pris la poudre d'escampette sans renverser aucun civil. Une lettre à la poste comme dirait l'autre. Pas comme il a été dit dans les journaux, ce n'était pas une équipe d'Italiens, ce n'était pas non plus pour l'espionnage industriel. Nous avons les clients pour nous racheter notre butin, mais ils ont eu peur, car les articles dans la presse, surtout celui de Nice Matin qui a publié un communiqué spécifique, dans ces colonnes une récompense de soixante-quinze millions de francs à celui qui aura des renseignements à fournir, a été promise.

Sur les sept voitures, je ne sais pas si vous avez vu le film « Le corniaud » mais notre fuite dans la descente, Philippe roulé tellement vite et avait fini par rentrer pendant sa course dans une Diane et ce fut la première Porsche retrouvée, mais en épave. J'ai du coup du le récupérer en passant. Nous avons rendez-vous sur Cannes. Pour bien se faire voir, on s'est montré au centre-ville et nous avons pris la direction des garages et garé les voitures dans nos garages.

Le premier acheteur a été la gendarmerie et ainsi le rendez-vous avec eux a été fixé sur le parking du cimetière. Ils étaient tellement bien cachés, les bleus et nous, on avait fini en rodéo. Les gendarmes n'étaient pas des pilotes, mon pote a pu ramener la voiture de luxe à la maison. Ah ! Elles étaient dures à vendre, malgré la rareté et la beauté qui faisait rêver. Mais, une a trouvé preneur en se laissant piloter par un professionnel, après la vente, elle faisait sa belle sur les rallyes. J'aurais bien négocié avec les assurances, mais avec l'ampleur qu'avait pris ce vol il était hors de question de prendre des risques. Cela a parlé de trop dans la presse. Ne jouons pas au con, sinon on aurait perdu la partie. J'a été en conversation avec un Anglais sûr ces dires, il m'a demandé si j'avais encore une F40, bien entendu, c'était le même modèle que nous avons. Elles venaient des Etats Unis, enfin c'était de belle réplique, alors je me suis dit, "lui c'est un keuf." Dans ses questions, ce soit disant potentiel acheteur, demandait des marques, alors qu'il ne pouvait pas savoir ce qu'on touchait comme voiture. À partir de là, on s'est détaché des voitures. Celles qui nous restaient, ont été déposées dans les quartiers sensibles.

Peu de temps après, une descente de flics, une perquisition chez mon ami Patrice, pour des accusations de trafic de voitures, ils sont tombés sur une boîte à pharmacie venant d'un vol éclair de voitures. Ne me demandez pas comment cette chose a atterri chez lui, je n'en sais rien. La seule chose dont je suis sûr, c'est qu'il n'était pas avec nous.

Direct les gendarmes ont fait le rapprochement avec les Porsche car sous la mousse intérieur, il y avait un numéro de série correspondant à un des véhicules volés.

Sans se démonter, il a juré de ses grands dieux et pendant des minutes et des minutes, les gestes ont accompagné la parole de son innocence. Il leur a dit, en se promenant un soir dans la ville, une poubelle au couvercle ouvert a entraîné sa curiosité, il a jeté un œil et dit avoir été attiré par cette boîte.

Le menteur, moi je me trouvais sous mandat de dépôt à ce moment-là. Je dirais, dans mon souvenir, dans cette bonne vielle prison d'Avignon, on y tourne en rond. Un après-midi, j'ai eu la visite des gendarmes. L'un d'entre eux avait tellement de décoration, il m'a donné l'impression de revenir d'un bal de carnaval. Sa première question a été, faites-vous parti du gang des Porsche, je lui ai répondu, moi je roule en BMW. Au bout de quelques mois, les gendarmes avaient vraiment tout en main pour nous faire payer cette affaire.

Ils ont reçu une lettre de dénonciation avec les noms de tous les membres de ce vol.

Aujourd'hui, je connais le blaze de la balance. C'est la petite amie de mon ami. Elle a pensé toucher la récompense promise dans les journaux. Mes amis et moi, six mois après, nous n'étions plus jamais inquiétés pour ces faits. Heureusement à cette période, le support génétique, l'ADN n'existait pas. Dans tous les cas, on en avait laissé dans toutes les voitures. On se préoccupait que de nos empreintes. Alors après ça, j'avais vite fait en sorte de me recycler, il y avait tellement d'offres, j'avais pris le temps de bien choisir.

Le plus vieux métier

J'ai connu un soir, au « Gargantua » de Villeneuve-Loubet plage, le restaurant des parents d'Eric, une certaine Katy. Elle faisait le plus vieux métier du monde. Elle était d'une gentillesse, d'une simplicité, rien dans son regard n'était méchant. Elle a entendu parler de nous très souvent, je me suis rendu compte son intéressement à mon sujet. Un soir, elle m'a demandé si je voulais bien m'occuper de la rue France, la Californie, ainsi que la promenade des anglais. Je lui ai demandé en quoi, elle avait besoin de moi pour protéger les filles travaillant dans le secteur sans protection.

Sa proposition était une bonne idée, mais au départ, je me voyais déjà en embrouille avec les keufs de Nice. J'ai fini par accepter l'offre de Katy. Toutes les semaines je passais dans son appartement, elle se faisait payer la protection directement de main en main par les filles. D'ailleurs cette folle, leur trouvaient même des studios. Je n'ai jamais eu de problème avec les julots casse-croûte. Ce n'était pas des voyous mais des voyelles. Grâce à ce travail, j'ai fini par arborer la croisette de Cannes. Et là, j'ai dû m'associer à un corse. Il avait un bar à champagne, il avait des voituriers, il les faisait travailler dans les plus grands hôtels.

Les clients quand ils voulaient de la compagnie, appelaient Mario le corse. Un jour, sous un soleil tombant, l'appel d'une d'entre-elles, m'a obligé d'intervenir car son proxo l'avait maltraité. En ce jour du 15 août, un dimanche rayonnant, une belle affaire allait me faire gagner le jackpot. J'ai préparé un guet-apens. D'un coup ce proxo s'était retrouvé dans ma voiture, je lui ai fait faire un tour. Il avait tellement peur de se voir mourir, ce n'était pas dans mon intention. Je voulais juste lui rendre les coups qu'il donnait aux filles. Sa peur l'a ruiné, car sans rien lui demander, il était allé chercher son butin et me l'avait remis. Au début j'avais cru au marchand de sommeil, mais non, il était vraiment serviable. Il avait beaucoup de monnaie, ma monnaie.

Un travail payant sans le moindre effort, c'était un bon job. Je lui ai ordonné de téléphoner à ses filles, elles devaient nous rejoindre à son domicile. Une des trois était sa propre femme. Dans son salon, les filles avaient bien compris l'intérêt en me voyant. Leur escorte avait une fière allure avec ses yeux noirs maquillé d'une seule frappe de ma part. Parmi elles, deux avaient trouvé place chez Marion et me versaient une partie de leur gain. Elles étaient bien plus heureuses, leur ancien garde du corps leur prenait tout.

Il était reparti avec sa femme. Il avait mal digéré, effrayé d'avoir tout perdu, il s'était refait. Il alla à la rencontre des gens de Valorise et il leur avait parlé de cette affaire. Il était tombé sur Rocco, mon vieil ami et ses frères. Une famille de Calabrais, ils étaient et sont toujours bien installés sur la côte, depuis les années quatre-vingts, ils ont gravi les échelons. Alors ils étaient descendus sur Cannes pour voir le Mario. Ils ignoraient ma participation dans l'amendement du proxo. Mario était tout affolé, il nous avait dit, vous vous êtes frotté aux Italiens, il y allait avoir de la casse. Je lui a dit de prendre rendez-vous avec eux, chez lui et je viendrais pour leur parler.

Nous avons préparé tout un stratagème. Tout cela n'avait servi à rien. Au rendez-vous, avant même que le casse-croûte n'ouvre la bouche je le lui a fermé d'un coup de poing américain. Dans ce silence, un éclat de rire général avait surgi, c'était les frères de ma connaissance. Ils étaient quatre, et sur ce chiffre, deux étaient en prison quelques années avec moi. Cela les avait amusés de savoir et de me voir travailler et gagner ma vie en mettant quelques proxénètes à l'amende. Et surtout celui-là, il avait fait appel à eux, il était prêt à leur verser une grosse somme d'argent pour me fumer. Mais cet enculé, je lui ai piqué le maximum et du coup les Italiens et moi on l'avons remis à l'amende. Par la suite, il a dû travailler à l'usine.

Mais j'ai vite arrêté le service pour les filles. Quand on n'est pas équipé, on ne joue pas dans la cour des grands. C'était quand même un milieu de merde. Alors la Katy s'est fait protéger par les grenoblois. Elle rabattait toues les filles qu'elle pouvait. Ce business avait une fin, il a été assez dramatique pour les grenoblois. La brigade des mœurs de Nice avait placé Katy en garde-à-vue à vue et croyez-moi elle avait une mémoire d'éléphant. Elle avait tout balancé, même ce qu'elle ne savait pas. Ces garçons avaient pris des années de prison.

Un soir, chez moi, dans mon canapé, sirotant un petit whisky, devant la télévision, j'avais du mal à croire et à voir le reportage sur la prostitution à Nice et le témoignage d'une femme floutée raconter les travers de Nice. Mes yeux sortaient de leurs orbites, c'était Katy, je l'avais reconnu sans l'ombre d'un doute. Elle avait été interdite du territoire français, expulsée à cause de sa nationalité algérienne. Elle s'était installée à Bruxelles et avait repris son boulot dans une vitrine. Cette émission m'a offert le fou rire en me rappelant le labeur de cette mission. Elle parlait normalement comme si de rien n'était, comme si c'était normal de balancer. L'affaire de Nice était une aubaine pour elle.

C'était mon paradis

L'été était là, je me suis occupé de quelques plages de St Laurent du Var à Antibes ainsi qu'à la Marina, au doux nom la paix des anges. Il n'y avait aucune équipe dans cette aventure, je ne savais pas si c'était la peur de certains noms de parrains, mais nous savions, le petit Michel, le grenoblois et Roger, sans compter l'aide des amis de Francis, si nous pouvions prendre contrôle de ce secteur. Il fallait éviter de prendre des risques si le monopole de ce quartier était sur l'emprise d'un parrain.

Question oblige pour ne pas rentrer en conflit avec d'autre clan et pour cela, on avait vu Serge la pile, un surnom chopé à cause de la première opération du pacemaker qu'il avait subi. Il a fait tampon entre les parrains et nous. Quand c'était une belle affaire, Michel se déplaçait en personne pour nous expliquer, la procédure. Savoir si on devait bousculer ou non les patrons de plage. Michel nous envoyait afin de permettre de laisser le choix aux tenanciers d'aller se plaindre auprès de Marcel. Les restaurateurs, on le savait très bien, s'ils allaient se plaindre, Marcel dit le bègue était le mieux placé pour recevoir leur plainte. Le bègue ne savait pas que nous étions téléguidés par beaucoup plus haut placé que lui. À chaque fois, il était tombé dans le panneau. Michel ou Francis en avait profité pour mettre les récalcitrants à l'amende.

On a toujours choisi des endroits bien placés pour nos machines à sous. Il faut retenir, qu'elles, les machines parlaient beaucoup moins et rapportaient aussi bien que les gonzesses. Combien de pauvres patrons avaient perdu leur chemise. Il ne fallait pas aller chez Marcel. C'était bien, j'allais de plage en plage, servit comme un pacha. Cela m'a permis de connaître du beau monde, notamment dans l'immobilier, bien plus pourri car à la sortie j'ai payé l'addition sans broncher.

N'est-ce pas Monsieur Poulain? Toi qui a endormie Tout-Nice. Car oui ! J'ai cru que le monde allait m'appartenir. J'ai pris une discothèque avec lui. Le « King-club », mais seulement ce Bernard, de son prénom, avait tellement de problème avec certains de ses clients, escroqué dans des transactions immobilières. Il s'est débattu pour avoir toutes les autorisations pour l'ouverture de la boîte de nuit. Il avait même associé au projet, l'adjoint au maire de Villeneuve-Loubet et cela sans nous concerter. Je ne comprends toujours pas comment cet adjoint a pu rentrer dans le milieu sans se poser aucune question? Surtout sur ce qu'il aurait pu lui arriver. Cette entreprise n'était pas catholique.

Pour moi, ce monsieur d'adjoint au pouvoir de la mairie me faisait bien rire, un mètre trente de haut sur un de large. Quelques mois plus tard, ils avaient fait l'inauguration de la boîte et ce personnage assermenté avait été la cible de deux motards, ils l'avaient raté de peu. Il y avait de nombreux impacte de balles dans sa belle Mercédès 500, traversé de par en par, d'autres avaient fini sur l'enceinte de la discothèque. Ils l'ont loupé, mais la presse l'avait achevé. Il a raconté ce passage, les yeux hagards, livides. Mais il a fini dans une pièce sans poignet ni serrure intérieure. Une belle cellule comme la mienne. C'était un adjoint comme il y en a tant en France. On n'avait aucune licence, ni pour la discothèque, ni pour l'alcool, que se soit licence 4 ou 5 d'ailleurs.

C'était une ancienne pizzeria transformée en piste de danse. La superficie pouvait accueillir cinq cents personnes. Nous avons construit un piano-bar bar sans permis. Cet endroit est devenu mon paradis. Nous étions bien dans nos fauteuils. C'était une clientèle cabaret, le champagne coulait à flot. Pour tromper le monde nous avons acheté des pizzas congelées, entreposée dans la chambre froide et le barman a été embauché spécialement pour s'en occuper, c'était la seule solution pour pouvoir vendre notre alcool librement. Il a passé ses soirées à les réchauffer.

Nous avons tout prévu, les emplacements pour permettre de les vendre et surtout vendre l'alcool. Nous avons fait des travaux d'agrandissement. Le dj était sur la mezzanine, les tables, les tabourets et les chaises étaient fixées au sol, sécurité oblige. Le bar est tout en longueur. Au milieu trônait la piste de danse. Il fallait faire le contour du champ de course, traverser la rivière Le Loup, elle se déverse dans la mer. Nous organisions beaucoup de soirée techno, pour une entrée achetée une ectasie, la colombe blanche de son petit nom était pure et offerte. Par la suite c'était devenu un lieu de rencontre de mauvais garçons, certains d'entre eux ont repéré une femme dont le mari était un grand bijoutier. Ils ont senti la bonne affaire. Cette brave femme s'est retrouvée saucissonnée et ramenée chez elle. Ils ont expliqué à son mari, après avoir sonné, "votre femme a fait un malaise", de sa fenêtre, le pauvre homme affolé a répondu qu'il descendait.

Le piège venait de l'engloutir. Il s'est retrouvé à son tour prisonnier de cette bande de braqueurs. La femme au foyer, le mari était obligé d'ouvrir sa boutique pour donner son gagne-pain. Ils avaient tout raflé. Ses commerçants après avoir eu la peur de leur vie ont porté plainte. Et là, la femme a expliqué sa soirée, donc dans la discothèque, c'était une très bonne cliente d'ailleurs. La chose anormale de cette situation, c'était l'intéressement de la PJ à mon encontre.

Ils ont placé Poulain en garde-à-vue à vue après la perquisition de la boîte et de son chez-lui. Il a été relâché peu de temps après. Car le soir des faits il n'était pas là. Alors pourquoi ils ont fait une fixation sur moi, là j'en reste encore surpris. Je me suis dit qu'il fallait que je prenne l'air au plus vite avant qu'il ne soit trop tard. J'ai bien fait de partir fait car les huit jours suivants, ils avaient lancé un mandat d'arrêt contre moi. Je n'ai rien à voir dans cette histoire.

Je ne connaissais pas non plus les personnes mêlées de près ou de loin. Cela m'a valu un passage en assises. Le juge s'est acharné dessus, juste pour avoir les noms de ceux qui sont responsables de ces faits. J'avais écopé d'une peine de vingt ans, pour non-dénonciation et complicité. Je vais quand même préciser, la femme du bijoutier, en confrontation, avait dit de moi que j'étais une personne courtoise, nous avions bu souvent le champagne ensemble au piano-bar.

Alors si tous, clients et clientes se faisaient braquer, je me retrouverais souvent en garde-à-vue à vue puis au tribunal. Je n'aurai pas assez d'une vie. Ceux qui sont mêlés dans cette histoire me doivent une vie. Je garde le montant il me reste privé encore à ce jour, j'ai tapé quatorze ans derrière les barreaux. Avec cette longue peine, entre ces murs où la crème du milieu se côtoie, une question me taraudait: devais-je rentrer dans ce milieu jusqu'au bout où si je devais rester seulement à l'écart?

La fuite

Cela avait débuté dès mon évasion du commissariat de Mulhouse. Quand on est en cavale et recherché, il vaut mieux se rapprocher de là où tu es le plus connu. C'est là qu'ils te recherchent le moins, tout de suite ils pensent qu'une distance est établie entre eux et moi. Cela revient extrêmement cher. Il faut plusieurs appartements, plusieurs véhicules et si possible plusieurs femmes, connu dans le secteur afin d'être un véritable caméléon et surtout éviter les questions style commérage. Et sans oublier le facteur chance. Si tu es inconnu les gens s'intéressent à toi. Alors j'étais vite remonté en Alsace. Chez mon ami Yves pour voir s'il avait quelques choses à me proposer. Il avait un projet de reprendre un relai routier pour le transformer en bar à filles. Le nouveau nom donné, était « La cigogne ».

Là encore, nous avons tourné avec la licence du restaurant. Nous n'avions aucune autorisation pour la nuit. J'ai dit, il n'y a aucun problème, nous ouvrons ce bar à 15 heures et nous le fermons à 1 heure. Comme tous les débits de boissons, il y avait son lot de clients habituels, mais jamais je n'aurais pensé dans ce petit village, attirer tous les vieux de la campagne alentour. J'avais de très bons clients, cela assurait le commerce.

Le minimum du minimum, le client avait droit à la gentillesse des filles sans faveurs particulières pour seulement huit cents francs. Yves voyait en grand l'opportunité de cette affaire et a ouvert un autre dans le centre de Mulhouse. Après une concertation et vu le projet fou de mon associé, le nouveau s'appelait « Le fragile ». Nous avons passé en revue les risques, la PJ[8], la crime, la BAC[9]. Celui-là, il a tourné très bien, enfin jusqu'au jour où Yves a fait l'ouverture, il n'a rien vu venir. Ils étaient là, en clients, dans la rue, il y en avait partout. J'ai du venir ce soir-là, ils l'avaient su, comme par magie. Je suis arrivé avec ma petite amie Marie.

À peine installé, j'ai senti deux mains sur mes épaules. Je me suis retourné d'un coup, l'instinct peut-être, un flic en civil m'a demandé mes papiers d'identité. J'ai répliqué directement, ils sont dans le bureau. J'ai tourné la tête et j'ai aperçu de drôles de têtes, ils avaient vraiment la tête de l'emploi. Je ne suis pas armé, donc pas moyen de faire face à cet assaut. Un homme de la PJ m'a conduit au bureau pour récupérer mes fameux papiers. Cette pièce est de l'autre côté du bar.

Dans un couloir d'une hauteur de trois mètres, mes accompagnateurs sont sûrs d'eux et sont en confiance. Je me suis introduit dans le petit bureau suivi d'un inspecteur. Je l'ai stoppé direct, en lui disant "ce bureau est un endroit privé". Il est ouvert dès l'ouverture du bar. Le keuf m'a dit

---

[8] Police judiciaire.
[9] Brigade anti-criminalité.

de faire très vite. Je suis entré mais je ne suis jamais ressortie par la porte. À peine dedans, j'ai couru jusqu'à la fenêtre, l'ouvrir et sauter ceci en deux secondes, pas le temps de réfléchir. L'atterrissage sur les fils à linge, après une chute rapide de quelques mètres m'a douloureusement endommagé mes chevilles. Dans la cour, face à la résidence d'en face, enfermé sans aucune issue possible, mon échappatoire allait venir d'une fenêtre de celle-ci. Après avoir brisé une vitre, pénétré à l'intérieur, le cri d'une femme m'a mis en arrêt. Je lui ai dit," taisez-vous", ils m'ont défenestré. La petite dame tremblante, surprise, comme un robot m'a ouvert sa porte pour me voir filer, soulagé certainement.

J'étais à l'opposé du bar, j'entendais les sirènes des forces de l'ordre se rapprocher. J'ai mal aux chevilles, mais il n'était pas question de m'apitoyer sur mon sort. Comme par hasard, les seules voitures disponibles ont encerclées par mes prédateurs. Plus qu'une solution, j'ai sauté dans le canal, celui-ci traversait Mulhouse. Je ne voulais pas me faire attraper. Comme une bouteille à la mer, je me suis laissé entraîner par le courant. C'est un jour en octobre, malgré le coup de chaud du moment, la fraîcheur de l'eau m'a givré le corps.

En m'éloignant, j'entendais un inspecteur hurler, il est là, il hurlait mon évasion sans me suivre. Quand j'étais loin bien loin de ce merdier, je me suis traîné hors de l'eau comme j'ai pu. Je suis entré dans un restaurant, transit de froid, gelé, congelé, mes mots étaient craquelés par mes maux, je souffrais, la douleur était plus intense encore. Le taulier m'a demandé pourquoi j'étais dans cet état-là. J'ai répondu en bégayant, grelottant d'être tombé dans le canal. Il m'a appelé un taxi après m'avoir offert un café bien chaud. Dans les environs de Mulhouse, je m'étais fait arrêter par le chauffeur près d'une grande enseigne. J'ai retrouvé un peu d'énergie, de chaleur pour me permettre de prendre une bonne distance entre le lieu déposé et le moment où j'ai contacté un ami de venir me chercher. Dès sa venue, je me suis réchauffé dans sa voiture et je me suis changé chez lui après une douche bien chaude, reposante.

Le lendemain matin je me suis rendu dans une clinique de Lyon. Avec un tassement des chevilles, j'ai eu droit à un boulet sur chaque jambe, le plâtre était lourd, très lourd même. J'ai été obligé de marcher avec des béquilles, mais j'étais libre. Ce soir-là, la PJ, si elle m'avait attendue, c'est forcément par la présence d'une balance.

Tout le monde savait, Yves est mon ami et à tout moment je pouvais débarquer chez-lui, sans prévenir personne. Si je dis, j'ai été balancé, c'est aussi une façon de me rendre fragile, me mettre hors concours pour certains. J'ai récupéré ma voiture, une Corado, elle était garée non loin du bar. Celle-ci même, avait permis de mettre ma petite Marie en garde-à-vue. Après l'avoir fait rapatrié par une connaissance, je me suis rendu compte à ce moment-là, aucun de la PJ ne s'est jeté dessus, donc il ne la connaissait pas. J'avais dans le coffre de ce bolide pas mal d'argent liquide. Il en faut toujours au cas où. Mais je l'avais compris, la fin allait être proche alors je me suis préparé à prendre la poudre d'escampette.

.

Sur la piste, vert bouteille

La Corado était la voiture que j'utilisais tous les jours. Je l'aiemmené en Allemagne, chez un préparateur de la marque. Il m'en avait fait un petit bijou d'origine. C'était une G60 avec turbo et ce concessionnaire me l'a transformé à la sortie, elle faisait 400ch., ils pouvaient s'accrocher pour me rattraper. Elle a déjà participé à une course-poursuite avec les gendarmes. Dans la montagne, dans cette vallée de Munster, à bord Marie et moi, notre couple traversait la forêt, malgré le faitd'avoir une voiture rabaissée, on filait en direction de Munster.

En sortant, à la lisière forestière, face à une bute, là ! Surprise une lumière reconnaissable entre mille illuminait le ciel. L'extrémité d'un gyrophare dépassait légèrement de cet obstacle. J'ai dit à Marie, "ce n'est pas mon jour de chance." Elle m'a souri avec une petite pointe de peur et m'a simplement dit, "ce n'est pas pour toi." Cet endroit est isolé sans âme, il n'y a personne, a par nous et eux bien sûr. Pourtant ils m'ont pris en chasse.

Mon rire a résonné dans tout l'habitacle. Je les ai regardé s'éloigner dans mon rétroviseur. Sur une trentaine de kilomètres, le petit point a disparu de ma ligne de mire. À Munster, cela puait, plus que le fromage, ils étaient là, en bas de la voie rapide, le barrage était prêt. Je suis donc pour le coup pas surpris du tout, j'ai pris en contre-sens cette grande route. J'ai fait comme dans les films. J'ai écrasé la pédale de l'accélérateur comme la meilleure fuite possible. J'ai pas mal d'avance sur eux, je me suis retrouvé face aux gendarmes, avec un délai important entre notre première rencontre et maintenant. Ils ont dû faire une sieste. En me voyant j'imagine encore leurs pensées en me renvoyant foncer dessus pour qu'ils s'écartent.

C'était leur idée au départ, j'ai juste pris l'initiative d'en faire autant. Un seul doigt n'aurait pas passé entre les deux véhicules. Ma petite Marie, elle a été courageuse. Elle ne disait pas un mot. Même si on pouvait ressentir sa peur, la terreur dans ses yeux la laissa sans voix. Tout en pilotant comme un fou, je me pensais à ce que j'aurais à faire de l'autre côté de la montagne. La réponse ne s'était pas fait attendre. Mon choix était fait dans la seconde, c'était de rallier l'Allemagne.

Nous avons pu souffler et de ce fait nous avons profité de se promener et de faire quelques boutiques. nous avons fait du lèche vitrine, un peu stressant pour la miss, mais cela avait fini par nous détendre. J'ai braqué des plaques d'immatriculation. sur une Golf pour les fixer sur ma voiture. Sur le retour en France, mon scanner à fond, m'avait renseigné sur les positions des gendarmes et j'ai pu entendre les commandements de leur supérieur. Grâce à mon matériel High-tech, j'ai pu rejoindre mon appartement sans encombre.

Arrivée à Riquewihr, ma petite Marie après avoir vidé sa peur et moi, on s'est offert une bouteille de vendange tardive. La miss l'a descendu d'un trait. Aujourd'hui je ne le referais plus en présence d'une personne. L'adrénaline s'était fortement accolée à mes basques pendant cette expédition. Pour ne pas rencontrer de problème à l'avenir, j'ai décidé de changer la couleur blanche de la voiture par un vert bouteille. Je me suis rendu chez Volkswagen de Colmar pour acheter cette peinture.

Je ne le savais pas, mais les gendarmes avaient pris les devants en faisant le tour des garages pour signaler la recherche de cette voiture. Le fait de leur avoir faussé compagnie les avait mis en recherche forcée. Ils pensaient avoir à faire à un jeune car il a le même modèle. Alors Marie et moi, nous avons été dans un garage acheter la peinture spéciale pour mon carrosse. J'ai choisi le garage de Célesta entre Colmar et Strasbourg car un ami y travaillait. Devant le comptoir, j'ai tendu la référence de la couleur au vendeur. Comme il a été convenu avant avec mon ami qui devait jouer du pistolet à peindre dès le week-end.

Ce petit pédé de vendeur, savait que les gendarmes étaient à la recherche de cette marque de voiture, mon ami lui ne le savait pas quel dommage. Je l'ai vu se diriger vers l'arrière du comptoir dans un petit bureau. J'ai détourné mon regard en flânant dans les rayons du magasin. Ce petit con a téléphoné aux gendarmes de la présence de cette voiture. J'étais assis dans une Audi, elle m'a attirée. J'ai appelé Marie afin qu'elle aille enlever l'antenne du scanner posé sur le toit de la voiture. Je lui ai donné ma sacoche, elle contenait beaucoup de monnaie, un calibre et plusieurs papiers d'identité. Seule ma photo était sur chaque document. On appelle cela une doublette.

Elle est sortie en direction de ma voiture, quand soudain ! Je l'ai vu à travers de la vitrine, elle ne touchait plus terre. Quelques bras l'avaient soulevé du sol et l'avaient emportée au loin. Moi, je me suis retrouvé prisonnier de ce garage. Coincé, j'ai vite trouvé une solution, comme une bête traquée, je n'avais pas dit mon dernier mot. J'ai demandé au vendeur les toilettes. Ils étaient au fond du garage, ma seule envie pressante a été de trouver une fenêtre. J'en avais trouvé une, je me suis faufilé à travers. À l'arrière, elle donnait dans la cour du garage, face à la zone industrielle.

Tous les grillages ont une hauteur impressionnante. Sans compter les barbelés qui me rappelaient ceux de la prison. J'avais franchi tous les obstacles sans la moindre difficulté sans même m'être blessé gravement. Seules les coupures donnaient l'image d'un abattoir.

Aujourd'hui encore je garde le souvenir gravé dans ma chair par les petites cicatrices engendré lors de ma fuite. Là, j'ai pris mes jambes à mon cou. J'ai couru dans les travers des usines. À un moment je me suis retrouvé face à une 4L, nez à nez avec une livreuse du Pam, le journal local. Je lui ai expliqué, j'étais en panne et en voulant réparer ma caisse, je me suis coupé. Je lui ai demandé si elle pouvait m'emmener jusqu'à l'hôpital. Elle m'a répondu: "je m'arrête avant le supermarché Cora." La distance est d'un kilomètre. Je me suis engouffré dans sa petite voiture, nous sommes repassés devant le fameux garage. Il y avait du bleu de partout.

Moi, je pensais à ma petite Marie et cette brave femme au volant, elle faisait le constat du mouvement environnant. Je savais au fond de moi que je ne pouvais plus rien pour Marie.

Pour moi, le chemin est encore long. Une fois déposé, j'ai remercié cette dame et je me suis empressé de trouver un autre véhicule pour quitter au plus vite cet endroit.

En marchant sur le parking, j'ai aperçu une voiture, à son bord des militaires. Je leur ai demandé de me conduire aux urgences. Ils m'ont répondu qu'ils allaient sur Sélestat. De Colmar à cette ville, c'est une voie rapide, seulement un seul village a traverser. Pas de village pas de gendarme, je savais que j'étais sauvé. L'étau s'est resserré, je me suis donc rendu chez des amis, ils ont mis en place un moyen de transport pour un allé à Lunéville.

Car je ne savais pas si ma petite Marie n'avait pas donné mes points de chute. Alors, mes amis ont fait le tour et fait le nettoyage de toutes mes planques. Je n'y suis jamais retourné après cela. Après cet épisode, je me suis installé avec Lydie. Je me suis occupé des avocats. J'ai téléphoné au chef de la gendarmerie, Monsieur Simon. C'estt un type marrant, il me disait; " vous vous rendez et je fais relâcher votre amie." Je savais déjà qu'il ne pouvait pas la garder éternellement car ce n'est pas un crime d'être amoureux d'un voyou.

De nos jours, ils ont toujours ce moyen de pression, parfois cela marche avec les voyelles. C'était et cela restera un système de chantage, chacun ses armes. Ma petite Marie je l'ai revu seulement le jour du procès, quelques années plus tard. Elle est toujours aussi ravissante, belle comme une déesse, elle ne bougeait pas sur son banc. Sa beauté rendait encore plus beau son silence face au jugement.

Le changement

Pendant une année, je suis venu sur Lunéville, chaque fin de semaine, j'ai changé de femme, d'appartement, de voiture et pour l'occasion de nom, pour me lancer dans le trafic d'eurochèques.

Tous les commerçants me connaissaient sous un blaze, au bras de Lydie, je devenais monsieur tout le monde, sur mes gardes quand même. Je ne vais pas dire comment je faisais, mais à chaque fois en pénétrant dans un bureau de poste je ressortais les poches bien remplies. Il me suffisait de présenter la carte et les papiers au même nom. On me donnait ma demande.

Par contre je faisais attention un montant maximum imposé, mille à mille cinq cents francs en liquide par feuillet, il faut savoir, il y en a dix ou vingt par pochette. Sur chaque chèque un numéro correspondait à celui de la carte. En plus un code confidentiel servait et était inscrit au dos de la carte. L'un sans l'autre ne valait rien. J'ai appris l'importance et sa valeur grâce à un ami allemand. Quand je faisais du vol à la roulotte, je prenais tout le contenu, mais je jetais toujours ces pochettes croyant ne pas pouvoir en faire usage.

Mais voilà quand j'ai eu l'info, j'avais en ma possession un diamant brute, il me restait à le façonner. Chose dite chose faite, ni une ni deux et j'ai commencé les achats dans les magasins. Tous les commerces étaient ciblés, je faisais surtout les manèges à bijoux, là le montant n'avait pas de limite. Cela se passait comme une lettre à la poste. Heureusement les vendeuses ne sortaient pas de l'école de St-Cyr. Quoi qu'il arrivait, le commerçant est couvert car les banques suisses et allemandes tenaient responsables le titulaire de la carte.

Si jamais je rencontrais un problème, les caissières faisaient automatiquement appel à leur responsable et quand celui-là voyait ma nationalité, où il voyait que je pétais un câble de façon à ne pas comprendre ce qu'il se passait, il me donnait le bon dieu sans confession.

Mais surtout quand j'arrivais en France avec mon accent alsacien, j'aurais pu m'appeler Derrick, personne ne me posait de question. Je repartais toujours satisfait de mes achats. Pendant au moins un an, je me suis promené avec mon sac banane, rempli de ce trésor.

La seule arme pour acquérir ces fameux chèques estt un tournevis. Chaque jour passant comme un bon ouvrier, je rentrais le soir content de ma journée. J'ai aussi fait de mon travail pénible des heureux dans tout mon entourage, pour eux souvent les fins de mois ont été moins difficiles.

Dans ces années comme aujourd'hui, beaucoup ont du mal à boucler les fins de mois. Comme je suis un bon chrétien, je sais donner avec le sourire. Certain ne me disait rien, comme je voyais le besoin évident, je les emmenais avec moi faire le tour des grandes enseignes. Quand le chariot est débordant de nourriture et autre, je passais moi-même en caisse. Les cartes chauffaient plusieurs fois par jour dans le même magasin.

Une soirée de merde

À tous ceux qui croient que l'argent facile fait le bonheur, je peux vous dire la fausseté de cette pensée, quand tu as beaucoup de monnaies tu as beaucoup d'amis, mais le jour où tout va mal, il n'y a plus personne. Il te restera toujours tes vrais amis, c'est-à-dire peu...

Mais tu ne peux pas toujours faire appel à eux, par principe et pour garder leur vie privée. Alors quand tu es en cavale cela coûte cher, bien sûr c'est comme les nanas, avec celle avec qui tu vis sur le moment, il ne faut jamais avoir un autre pied-à-terre à terre, pour ne pas semer le trouble dans son esprit. Peut-être un respect dont l'homme devrait se souvenir pour éviter les ennuis. Si, elle, de ton absence pendant quelques jours, voir quelques semaines se rend compte de ton accostage dans un port différent du sien, c'est la merde, elle te le fait sentir à sa manière.

Quand de ce temps, les amis, les flics te mettaient sur écoute cela restait pendant longtemps, fort longtemps sous scellé. Ils se servaient de ces enregistrements pour cuisiner les femmes des suspects afin de faire bouillir la marmite des embrouilles. Souvent ces inspecteurs gadgets se faisaient un malin plaisir d'en jouer en finissant leur rire par un: "on va l'avoir." Aujourd'hui toutes les femmes dans le travers de ma vie sont restées mes amies. Malgré leur nouvelle vie, leur mariage, leur enfant et leur travail, elles me disent toutes, la vie avec toi a été une belle vie, une belle aventure. Elles ne regrettent rien, en vue des nombreuses conneries de mon passé, aucune d'entre elles n'a essuyé le moindre ennui. Puff ! Sauf une, Betty, car elle avait tenu jusqu'en quatre-vingt-trois. Tous les établissements qu'elle gérait été à son nom. Gérard, son ex avait son pareil. Le reste était aux mains des filles.

Pendant ma cavale, j'ai relâché ma garde dans la routine entraînant une situation rocambolesque. Un soir, je me suis rendu dans plusieurs bars pour alimenter quelques Turcs de mes beaux billets. Je suis tombé sur une série de billets de cinquante francs. Ils sont parfaitement imités. Je suis allé de rendez-vous en rendez-vous, sans me rendre compte, dans mes traces, de l'ombre de mes anges gardiens. Là encore, la chance allait être de mon côté.

En sortant du dernier bar, mon attention a été attirée par des feux-de-position d'une voiture garée sur le trottoir d'en face. Ils sont à l'affût comme de vrais chasseurs. Sauf comme un animal me sentant traquer, j'ai fait mine de rien. Accompagné du neveu de Lydie, Stéphane, j'avais en moi la force de sentir la gravité du moment. Nous avons rejoint la voiture. Une Renault 19 16S, à peine rentré à l'intérieur, j'ai démarré sans laisser un soupir m'échapper.

Le temps de réaction de mes pisteurs les a fait sortir de leur rêve. Ils ont essayé de me bloquer le passage. J'ai regardé en une fraction de seconde le gamin de dix-neuf ans, assis à côté de moi, lui disant, à la première occasion de sauter du véhicule et de courir sans se retourner. J'ai forcé et foncé. De partout il en sortait. Ils sont bien là pour moi, malgré la fausse plaque d'immatriculation.

Et me voilà dans une course-poursuite, elle a commencé dans le centre-ville de Lunéville. J'ai été de nouveau obligé de foncer sur le barrage mis en place au niveau de la gare. Il y a des voitures, gyrophares en action obstruant la rue avant et après. De drôles de bruits venaient égayer cette ambiance déjà mouvementée par le stress de cette fuite.

Le petit, malgré la situation n'a pas voulu descendre. Des Ping, des Pan faisaient de la caisse résonnante. Il n'y a pas de herse. Je ne me suis même pas rendu compte du danger tellement l'action a été d'une vitesse impressionnante. J'ai foncé tel un buffle sur un deuxième barrage, mais la voiture n'a pas pu tenir plus longtemps. Les balles tirées par les flics avaient crevé trois de mes pneus.

C'était au moment des inondations, en direction de Nancy, j'ai été obligé de me garer dans une entreprise. Avec perte et fracas, je me suis enquillé entre deux camions. Tirant le neveu de la voiture, tremblant, stressé mais l'œil vif pour son âge à courir sans se retourner. Nous avons couru, passant les fils barbelé, sautant des clôtures en bois, traversant les champs, enjambant de petits ruisseaux pour rejoindre Lunéville. J'avais peur de les voir dans ma planque. Mais cela n'a été pas le cas. J'ai téléphoné à des amis. Je leur ai demandé de m'apporter des jantes complètes pour ma voiture. Je ne voulais pas laisser cette preuve aux mains de l'autre camp. Trois heures plus tard, dans le coffre de leur voiture, avec les pièces demandées, nous avons, il est vrai les couilles pour y retourner. Le petit est toujours partant. Je savais sur les ondes de la police que le signalement de ma voiture a été diffusé, sa description faite, sa couleur bleu nuit envahirait l'esprit de chaque agent. Pour montrer patte blanche, dans cette France et d'ailleurs, j'ai pris le risque d'y retourner, laissant mes amis dans une forêt un peu en retrait. J'ai atteint ma voiture sans avoir du bleu sur le dos. J'ai démarré sans attendre et j'ai rejoint la lisière du bois. J'ai démonté la première jante.

C'était une soirée de merde, les roues n'allaient pas. Les moyeux n'étaient pas les mêmes. Sa puait déjà dans le coin et cela sentait plus fort encore avec ce problème. Alors dans l'urgence, je l'ai brûlé sur place. Je suis reparti avec mes amis et le petit Stéphane. Aujourd'hui après avoir lu le rapport de cet incident, ils y ont noté, lors de cette arrestation manquée, nous avons fait usage de nos armes, laissant apparaître sur la carrosserie des fuyards, trente-six impactes de balles. Je me demande toujours comment on a pu se sortir de cet enfer. Ils ont tiré pour nous assassiner. Ils n'ont aucun renseignement sur les occupants de ce bolide en fuite. Dans l'instruction de cette affaire, j'ai dit au juge:" ce n'était pas possible de m'avoir vu au volant de ce véhicule pour la simple raison qu' un éléphant dans un couloir on ne pouvait pas le louper." Ils ont pu l'identifier, c'est une voiture volée, elle est allemande, mais vient de France.

Cette affaire a pris un tournant à vitesse grand V. Le juge a viré la police judiciaire pour transmettre ce dossier à la gendarmerie. Quand ils m'ont localisé, les membres du GIGN[10], ils ont pris le relai et je n'ai pas pu m'envoler. Un mois après ces faits, je suis assis dans la cuisine de ma copine, en train de déjeuner.

Quand trois individus ont attiré mon intention. Ils sont en train de métrer sur le trottoir en face de la fenêtre. J'ai dit à Lydie: "c'est quoi ces trois mecs." Elle m'avait répondu:" c'est le concierge et sûrement les gars de la mairie." Mais j'ai senti le danger. Ils avaient une façon de se tenir, d'observer les alentours, cela m'a mis la puce à l'oreille, en tout cas ce n'était pas catholique. Au bout d'un moment je lui ai dit d'aller voir le concierge voir ce qui en retourne.

---

[10] Groupe d'intervention de la gendarmerie nationale.

Elle a donc ouvert la fenêtre pour leur parler. Là, ils lui ont annoncé, pour des travaux d'isolation, ils devaient prendre les mesures de toutes les fenêtres de la rue pour faire refaire des doubles vitrages. Et c'est à partir de ce moment-là, qu'elle les a fait rentrer.

J'ai vu de suite leur coupe de cheveux à la militaire et leur comportement d'ouvrier clochait avec leur soi disant venu. Pour moi ce n'était pas des employés. Ils ne pouvaient pas s'approcher de moi, craignant, assis en bout de table, face à mon café de savoir si j'étais armé ou non. Ils se sont demandé comment ils auraient pu me maîtriser, ce qui est sur cela aurait mal tourné. Tout en mesurant, je les voyais, posant leur ruban numéroté sur la baie vitrée jeter un œil sur l'environnement des pièces.

Ils ont vu le petit arsenal posé dans un coin, c'était mes armes de chasse. Quand ils ont fini leur travail, ils se sont retirés comme si de rien n'était. Ils n'ont pas pris de risque, de toute façon, ils avaient en tête, un homme dangereux avait forcement une arme sur lui. Ils étaient en embuscade de partout, ils surveillaient chaque fait et gestes. Toute la journée, je l'ai passé avec ma petite Lydie.

Vers dix-neuf heures, j'ai du donner un coup de fil urgent. Il était très important, je devais contacter mon ami Yves à Lorient. Tous deux, nous venons de monter une taverne

Alsacienne. D'ailleurs je ne l'ai jamais vu. C'était le sujet de cet appel. Sans le savoir c'est cette cabine qui allait me faire tomber. J'ai attrapé la carte téléphonique, avec un joli motif sur Maryline Monroe.

Je suis sorti sans avoir au préalable jeté un œil, traversé la rue et je suis entré dans la cabine publique. J'ai glissé la carte dans l'appareil que soudain un grincement de pneu m'avait fait sursauter. Je n'ai pas eu le temps de composer le numéro de mon ami qu'un choc terrible venait de percuter et de renverser la cage de verre. Un membre du GIGN était au volant. Ma carrure m'a bloqué de tout mouvement. Telle une sardine au milieu de sa boîte de conserve.

Un instant, j'ai cru être en Corse, avec tous ces cagoulés fourmillants dans tous les sens, l'impression à leur équipement d'avoir à faire au FLNC. D'un coup un bruit sourd venait de s'abattre sur la porte, c'était une masse pour me sortir de là. Ils m'ont chopé, manu militari et je me suis retrouvé dans un monospace. Et sans attendre ils avaient pris la direction de la gendarmerie de Lunéville. Dans leur habitacle, je voyais bien leur mécontentement car à chaque fois, qu'ils intervenaient à mon sujet jamais je n'étais pas armé.

En principe ils interviennent quand il y a un réel danger. Mais ce n'était pas le cas avec moi. Je me suis toujours enfui quand je le pouvais, quand l'occasion faisait le larron, mais jamais je n'ai mis leur vie en danger. Par contre eux c'était des fous de la gâchette car les balles je les ai bien entendue siffler et plusieurs fois d'ailleurs. Dans les locaux, l'inspecteur derrière son bureau et sa moustache à la gauloise, m'a posé une seule question et pas des moindres. Avec une voix railleuse, il me fixait, son ton est sûr;" est-ce que le matériel à faire de faux papiers était le mien et aussi l'appartenance de ces armes retrouvées chez ma pauvre Lydie."

Dans un premier temps, j'ai nié fermement, mais, j'ai été obligé de reconnaître sous la menace de ce gendarme. Il m'a assommé en mettant Lydie en garde-à-vue à vue si je ne lui disais pas la vérité et cette vérité, je l'ai reconnu. Car je ne voulais pas l'avoir être mis en examen pour détention d'armes devant un juge d'instruction. J'ai tout reconnu afin de ne pas la mettre dans l'engrenage de la justice.

Le cas était joué d'avance, ni une ni deux je me suis retrouvé devant et dans le bureau du juge d'instruction de Colmar. Directement ce monsieur derrière ses lunettes épaisses m'a signifié ma mise en examen pour vol, escroquerie, usage de faux, faux, détention d'armes, délit de fuite et j'en passe encore. Jamais, je n'ai avoué le vol et d'avoir déclenché l'incendie de la Renault 19. J'ai quand même échappé à la notification, destruction du bien publique rapport concernant la cabine téléphonique. Celle qui m'a fait chuter dans mon ascension. Ils ont été tellement contents de m'avoir arrêté, la perquisition allait me profiter. Elle s'est déroulée à la va-vite. Je peux vous dire, si, ils avaient posé des questions aux gens du quartier, ils auraient eu vent d'un garage dont je m'en servais comme d'un coffre-fort. Ils auraient mis la main sur un vrai petit trésor. Je l'ai sous-loué à la voisine de Lydie, elle ne l'utilisait pas du tout. Je l'ai payé tous les mois avec un beau billet car cela me rendait bien service.

J'ai pas mal d'économie dans le coffre d'une voiture. Mais le temps a couru et seulement six mois après mon arrestation, mes amis avaient fait le ménage dans ce garage. Cela m'a permis d'avoir de quoi vivre à ma sortie de prison.

Transfert

À partir de là, j'ai voyagé de tribunal en tribunal. C'est la triste vérité, certains directeurs de prison, dès mon arrivée dans leur château m'ont refusé l'hospitalité.

Un jour, je suis tranquillement couché sur mon lit en fer, une petite cellule en guise de studio, quand le chef est venu me dire: "Meyer vous êtes transféré cet après-midi." Sans un mot il est reparti sans me donner le moindre détail. Effectivement une équipe, digne d'une équipe de football m'attendait dès quatorze heures au greffe de la prison.

L'escorte de fou m'a enchaîné pieds et poignets avant de m'amener jusqu'à la gare, dans le wagon de la poste en queue de train. J'étais revenu à l'époque de l'esclavage. Le train a roulé toute la nuit et à l'aube, j'ai entendu dans le haut-parleur, l'entrée en gare de Colmar dix minutes d'arrêt. Le chef d'escorte a en main mon ordre de transfert, mais le directeur de la maison d'arrêt a simplement refusé mon affectation dans son petit palace.

Je ne sais pas comment il a réussi son truc mais sa manipulation au parquet m'a conduit pour un autre voyage. Du coup j'ai juste passé la journée dans une cage à sourire en attendant que les gendarmes aillent se reposer avant de repartir. Je me suis retrouvé dans le train pour la côte d'usure. Là, par-contre le directeur, un homme grand cravaté d'un sombre costume, m'a dit: "détenu Meyer, je peux vous garantir, dans la semaine, vous serez de retour sur Colmar." Sa promesse s'est réalisée dès la semaine suivante. J'ai pu m'installer pour quelques mois dans cette maison. J'ai rencontré le juge. Je ne me suis pas gêné et tout gentiment de lui dire ma façon de pensé de leur façon de faire avec moi. Le procureur s'appelait Henri, je pouvais lui parler, il savait écouter.

De la cour de promenade, sa fenêtre la surplombait. Alors quand j'avais un souci notamment quand mon courrier était coincé dans les rouages de l'administration, souvent bloqué par le juge d'instruction, je venais sous sa fenêtre pour le lui dire. Quand il ne me répondait pas je gueulais de plus en plus fort, parfois j'insistais en lui jetant des œufs sur la grille protégeant sa fenêtre. Il finissait par l'ouvrir en me disant : "si tu m'insultes cela va mal finir," je rétorquais: " tu as juste à répondre à mes appels." Alors on a commencé à dialoguer au sujet du retard de mes courriers et comme par un hasard, deux jours après j'ai reçu mon courrier poussiéreux.

Durant la coupe du monde de mille neuf cent quatre-vingt quatorze, une bagarre générale a éclaté dans la cour de promenade, moi j'ai refusé de réintégrer ma cellule. J'ai attendu la venue des CRS. Ah ! Ils n'ont pas attendu pour la sanction trois jours après je me suis retrouvé dans cette fameuse cour de promenade. J'ai regardé la façade du tribunal, celle là même faisait office de mur d'enceinte. J'ai vu derrière la fenêtre mon juge d'instruction en compagnie de personnes. J'ai imaginé qu'ils étaient là pour m'identifier, alors je l'ai insulté, je lui ai fait des bras d'honneur et la sanction a été immédiate. Ce tribunal de Colmar a dû prendre la prison pour un zoo. Les gens venaient nous voir de là-haut, je me demande encore quel plaisir ils ont. Je savais pourquoi ils ne voulaient pas me garder. C'est une prison, une vieille prison au centre-ville. La structure des bâtiments était très vieille, elle n'a pas de cellule adaptée, sécurisée pour un cas comme moi. Donc je ne pouvais pas monter dans les étages.

Même pour aller à l'école, j'avais dû faire des pieds et mains pour y avoir droit. Pour aller au culte c'était la même. Pour l'enseignement, j'y allais tous les matins, avec un ami à moi. Pendant la pause, il y avait un petit cagibi pour les toilettes et un jour je me suis amusé à monter sur la cuve et j'ai gratté un peu le plâtre du plafond. Sans forcer, j'ai fait un trou en continuant il s'est agrandi de plus en plus. Un semblant de carré se dessinait, s'élargissait. J'ai fini par regarder à travers.

Cela donnait sous la toiture. J'ai percé le mystère du grenier. Avec mon ami, nous avons rebouché le trou avec du carton de façon à dissimuler notre chantier, les murs eux-mêmes étaient tapissés par les détenus pour cacher la misère, la moisissure et simplement le délabrement général du bâtiment. Mais de ce passage, nous n'avons pas pu en profiter, les murs sont d'une hauteur de quinze mètres à peu près sans compter les toitures alsaciennes. Mon ami a le vertige, alors nous avons laissés tomber, mais par la suite la belle avait profité à trois autres détenus.

Pour la messe, il y a une petite porte, elle donnait directement dans le tribunal. Elle était très vieille. En présence du curé, nous n'avons pas pu trafiquer la serrure et l'on ne pouvait pas savoir si, derrière cette porte, il y avait une grille ou bien autre chose. Personne n'était passé par là. Chaque fois que je venais prier je la regardais. Peut-être la porte du paradis, même par la suite, je suis revenu dans ce lieu, la porte avait disparu sous du Placoplatre. On a dû louper l'envol vers d'autres cieux.

J'ai fait une peinture, grand format, représentant le « Redoutable d'Issenheim », un tableau que j'ai accroché à l'endroit précis où il y avait cette fameuse porte de la liberté. Un souvenir fixé encore de nos jours, un détenu venant il y a peu de temps de cette maison d'arrêt, me l'a confirmé. Je ne souhaite pas aller voir par moi-même car cela voudrait dire que j'ai de nouveau perdu la clef de ma liberté. Comme quoi l'artiste passe et l'art reste.

Notre politique

En cette année de mille neuf cent quatre-vingt douze, beaucoup de gens s'intéressaient à nous et se servaient de nous. Quand on rencontrait un maire plus à droite sur son étiquette, on avait plus facile de poser nos machines à sous quand il voyait un haut placé de l'extrême droite ou du S.A.C, service d'action civile, on te donnait les clés de la ville. C'était à nous de trouver les bonnes places pour notre gagne-pain.

La plupart des flics ont fermé les yeux, allez savoir pourquoi. On entendait parfois des saisies par les douanes, nos machines étaient largement amorties. La répression des fraudes et la douane faisaient des saisies et si la machine avait son étiquette d'identification, même si la société avait payé toutes les taxes, dont celle de la mise en conformité. Ils attendaient simplement l'emplacement des machines à sous et qu'elles soient en fonction pour les ressaisir de nouveau.

Car la loi interdit les jeux d'argent sans licence et lieu approprié. Nos loueurs gagnaient pas mal d'argent, cela leur permettait de payer leur loyer. Chaque fin de semaine, on venait faire le relevé des compteurs, ils nous attendaient tous avec le sourire mais avec beaucoup d'impatience. Une machine bien placée pouvait nous rapporter jusqu'à cinquante mille francs. On cherchait tout le temps à les placer dans des bars magrébins, c'était le jackpot assuré.

Mon ami James de l'homme sauvage, est le gérant de cette salle de jeu et du bar. Il a un contrat avec un patron d'une société d'électronique, M. Frei et cette société s'appelait Joël Meyer, son ami et associé M. Risser. J'aurais dû la prendre directement car elle avait déjà pour enseigne le même nom que moi. J'ai harcelé mon ami James pour me prendre des machines à sous, mais il était déjà en affaires avec ces deux rigolos.

Politiquement le Front National montait en flèche, ils avaient un gros besoin d'argent. On mettait des machines à sous dans tous les bars de l'Est de la France. Une partie revenait au cafetier et la différence revenait dans la caisse de cette partie. À aucun moment, ils n'ont eu des ennuis avec la douane ou la brigade financière. Mais par contre ces gens-là sont couverts par la police et des personnalités toujours en poste, tous épris et membre du Front.

Aujourd'hui je peux le dire haut et fort, oui M. Risser Joël et M. Frei, vous ne pouvez pas savoir le plaisir procuré ce fameux matin dans votre bureau. Ce matin là où j'ai été beaucoup plus malin, votre dignité a dû en prendre un coup. Je me rappelle avec mon beau costume, mon attaché-case en main, une cravate qui ne faisait pas de moi un moine, rentrant dans votre bureau, la surprise t'a rendu moins fière qu'à l'habitude. Vous n'avez pas voulu signer à l'assemblé général de l'homme sauvage par peur de perdre vos parts et vos actions de cette société. La femme de James est t la présidente de l'ensemble de « L'homme sauvage ». Mais la majorité est entre les mains de ces hommes sans pitié. Je suis entré en action à la demande de James, afin d'intervenir en échange de quoi, il jetait les machines des deux autres pour replacer les miennes. Alors quand j'étais en face de toi, tu m'as invité à rentrer.

J'ai sagement déposé ma mallette sur un billard. Tu es seul ce jour-là M. Risser. Je précise Joël, rien à voir avec ma famille.

Moi_ « Je suis ici pour te faire signer les documents de l'assemblée.

Lui_ Je ne signerais rien et je vais téléphoner à mon conseil.

Moi_ T'appelle personne que cela soit clair, Assis-toi ! »

Tu as voulu faire le malin, mais comme j'étais pressé, j'ai plongé mes mains dans mon attaché-case, en voyant le stylo dans ma main gauche et mon petit rigolo, un petit 11/43, dans l'autre, ta façade transpirait la peur. Je me suis approché de toi, en haussant la voix, plus dur que jamais. Les traits de mon visage n'étaient plus aux palabres, le ton est monté.

Moi_ " Ferme ta gueule, signe et c'est tout ! »

Le canon de mon arme posait sur son genou, l'a mis en accord sur ma demande.

Lui_ Mais, tu vas le regretter.

Moi_ Tais-toi et signe ! »

Certes, dans un langage dont je connais les paroles. Comme par magie, l'encre a été déposée en signature par une main tremblante.

Mes machines ont trôné à « L'homme sauvage. »

Mes patrons n'aimaient pas trop le froid, mais de temps en temps ils montaient pour faire chanter leur accent corse. Remettre aussi quelques récalcitrants à la page.

Entre Metz, Lunéville et Mulhouse, ils m'ont saisi cinquante-sept machines. Mais d'autres avaient repris leur place. Dans cette période, je voyageais entre le Grand-Est et le Vaucluse sans oublier la Corse pour ramener les recettes.

Car oui, ce Joël avait déposé plainte au SRPJ de Mulhouse, comme il a ses entrées, il leur a raconté à sa sauce le braquage qu'il a subi. Me désignant comme l'auteur principal et expliquant ma présence pour l'obliger de signer des documents concernant l'assemblée générale de « L'homme sauvage », il s'est abstenu de préciser, l'enjeu des machines à sous.

Ces braves inspecteurs m'ont traqué sur un long terme sans jamais me mettre la main dessus. Je les ai rencontrés lors de ma chute à Lunéville. Ils m'ont extradé de Nice vers leur bureau de Mulhouse, puis au cabinet de   juge d'instruction.

C'est une femme, Pete-sec, au cheveu soyeux, dans son regard, j'avais compris, elle n'allait pas me massacrer car elle a examiné en profondeur les incohérences de ce dossier.

J'ai cru à un moment, voir le plaignant à ma place dans la façon dont elle a pris l'affaire en main. La victime est sinon plus honnête que moi. je suis sarcastique par moment. En y repensant, si son entreprise a été basée plus au sud, dans le midi, il n'aurait pas fait de vieux os. Ces gens-là veulent jouer dans la cour des grands mais sans les risques.

L'apparence n'est pas le payeur, mais donne la prestance.

Et c'est encore-là où l'on voit l'injustice se faire, si un placeur te balance au condé pour tes machines, si malheureusement tu es connu de leur service, tu tomberas à un moment comme le jackpot.

Face à un juge, le droit peut se retourner contre toi dans les paroles de tes explications car souvent les phrases sont sorties de leur contexte. Tout cela pour t'enfoncer encore un peu plus. Je l'ai vécu si souvent. C'est pour ça qu'aujourd'hui je ne leur dis pas plus. Car leur opinion est déjà toute faite quand tu franchis le seuil de leur bureau. Les années de prison s'additionnent et l'horloge du temps passe et des fois trépassent. À quoi bon leur expliquer le rôle que tu as joué dans ce système des machines à sous car bien sûr tu savais que la loi ne t'autorisait pas tout. J'ai obtenu la relaxe pour l'extorsion de signature, mais dans cette affaire le bandit-manchot m'a sorti le chiffre gagnant car le juge m'avait condamné à quatre ans ferme.

Avec la justice, à tous les coups on a le jackpot gagnant. À la suite le brave James s'est associé au Tony. James est un homme de parole, il a toujours tenu ses engagements et cela lui a coûté la vie. Avec ce Tony, il s'était occupé des machines à sous et du bar à filles « Le cheval blanc ».

Moi, j'étais en train de purger ma peine dans une des prisons françaises. Quand le Tony a retrouvé ses vieux démons, le poker et la flambe, il lui a tout bouffé le bénéfice et en prime il se tapait sa femme. James quand il a découvert tout cela, il a pété un câble. Il s'est saisi de son 357 magnum, il a tourné toute la nuit, avec la rage au ventre, dans toute la ville à la recherche du Tony.

Mais encore une fois de plus le Tony a passé à travers les balles. Le James ne l'avait pas trouvé, mais désespéré, fou de rage, il a fini par retourner l'arme contre lui. Il s'est tiré une balle dans la bouche. Au final, le Tony, a profité de ce moment pour dilapider les biens du James. La chance lui a encore souri car il avait gagné six millions de francs au quinté-plus. Il avait avec cela racheté un bar PMU sur Mulhouse. Là encore, une grosse somme, l'avait gagné.

Aujourd'hui, il vit reclus dans sa maison, malade comme un pou. Moi, je ne changerai pas ma vie avec la sienne. Pourtant, toi, le Tony, rappelle-toi dans les années quatre-vingts jusqu'aux machines à sous, tu avais échappé aux barreaux des prisons. On n'a jamais parlé de toi, mais ta place était avec nous, vu ton comportement de pourri.

Malgré toutes les affaires qui ont traversé notre temps, tu as toujours eu de la chance, mais aujourd'hui, tu es condamné. Tu as toujours vécu avec les sous de tes amis. Je t'ai toujours couvert à nombreuses reprises car tu avais tellement d'ennemis. Ils ne sont jamais arrivés au but de leur mission. Pourtant la maladie va finir le contrat commencé et t'enfermer dans la souffrance. Une autre manière de se sentir prisonnier, un dernier coup de grâce sera le règlement de ta vie de profiteur. Et pour une fois je ne serais pas inquiété par la justice.

La valise

Le patron du musée, du train de Mulhouse, est un ami de longue date, Jacques gérait aussi le restaurant accolé. Je me souviens, c'était un jour de pluie, il pleuvait averse ce vendredi-là, avec quelques amis, on est venu manger une choucroute. Une journée comme je les aime. A la fin du repas, j'ai demandé s'il y avait un volontaire pour travailler en Suisse. Quand je dis, travailler, c'est pour dire voler. Dans l'assistance, un gars est au chômage, il avait besoin d'argent. Il n'a pas ressenti à ce moment-là son jour de chance. Pourtant il suffit de traverser la rue pour trouver du travail selon une personne.

C'était une belle journée pluvieuse certes, mais ensoleillée par la brillance de l'argent. J'ai embarqué le chômeur, en direction de Bale située en Suisse. Sur la route, à la sortie de Mulhouse, je me suis garé sur un parking d'un magasin euromarché. Je devais téléphoner. J'ai aperçu à l'entrée du parking la présence des gendarmes, mais je ne prêtais guère attention à eux. Je n'ai rien à me rapprocher.

En descendant de mon véhicule, j'avais mon œil par habitude qui a fouillé du regard l'habitacle des voitures en stationnement. J'ai été attiré par une de couleur rouge, une Chrysler le baron, immatriculé en Suisse. A l'arrière, sur la banquette, il y avait un attaché-case, Louis Vuitton. Rien qu'en le regardant je me suis dit va-y Roland, elle est pour toi. Cela avait résonné dans ma tête comme une évidence.

Je me suis rapproché tout en guettant l'environnement. J'ai découpé la capote de cette décapotable. Je me suis introduit à l'intérieur, d'un geste, la mallette est ressortie avec mon bras. C'est devenu la mienne. Je me suis empressé de rejoindre mon collègue. Mon appel n'était plus utile, le voyage pour la Suisse non plus.

Une fois dans la voiture, nous étions déjà repartis sans un mot, en direction de la maison. Sur mes genoux, cet attaché-case ne m'a pas résisté. Je n'en croyais pas mes yeux. L'autre jetait un œil furtif, roulait de plus en plus vite. Je lui ai dit de se calmer, de reprendre une attitude plus tranquille. Peut-être le stress qui l'a gagné.

En tout cas il n'a sans cesse épié les rétroviseurs. Mais personne ne nous suivait. J'avais bien raison de lui faire prendre un autre chemin à la sortie du parking. Car la chance était avec moi ce jour-là. On a évité de repasser devant les forces de l'ordre et ainsi éviter un contrôle désagréable. J'étais sûr de mon coup. Personne ne m'a vu prendre, faire, voler quoique ce soit.

J'étais tranquille, serein, mes yeux ont brillé aux éclats en regardant ces Deutsch Mark, sachant, en convertissant mille Deutsch Mark en francs, dans ma tête, le calcul alla me donner l'assurance d'avoir gagné le jackpot. Trois mille deux cents francs multipliés par sept cents billets, j'ai gagné plus de deux millions de francs pour avoir travaillé seulement cinq minutes sans une goutte de sueur. J'ai dit au chauffeur le résultat de notre sortie. Je voulais retourner pour fouiller encore plus en profondeur les recoins de cette aubaine, mais la peur de mon complice l'a rendu inopérant. Je l'ai menacé. Je lui ai même dit, « je ne partagerais pas avec toi », mais rien ne l'avait changé. Sa peur était la plus forte. La présence en plus dans le secteur des gendarmes l'avait tétanisé.

Sans travail, sans revenu, j'ai été correcte avec lui, je ne suis pas quelqu'un d'ingrat, je lui ai acheté un bar pour remonter la pente. Ce bar avait pour nom « Le cor de chasse ». Nous avons pris quinze jours de vacances dans le midi. Tous frais payés, on a passé un bon moment de détente grâce à la générosité Suisse.

Pourquoi il y avait tant d'argent dans cette voiture ?

Pour moi cela n'a jamais été une question dans mon esprit, mais le cheminement par la suite m'a permis d'avoir une réponse pas forcément la plus attendue. Quelques années plus tard, dans le bureau d'un juge d'instruction, le juge était mielleux, n'avait pas décollé de la même question à savoir le montant exact du contenu dans l'attaché-case.

Comme dans mon habitude, je ne savais pas de quoi il me parlait. Il a insisté de plus en plus, me braquant au passage de détenir des preuves me concernant. Dans son regard, je pouvais lire comme dans un livre. J'avais compris. Il a des informations sur le vol de cette mallette. De suite, j'ai pensé à mon collègue. La peur l'avait gagné, alors face au bleu interrogeant, il a dû baver.

Ben ! Non, c'était et cela venait d'autre chose. L'homme de loi d'un bond a sorti d'un dossier un panel de photos montrant un homme découpant la capote d'une voiture rouge. Il m'a dit, et là, ce n'est pas toi le voleur de cet attaché-case. Je me souviens dans ma tête, je me suis dit enculé, tu ne m'auras pas. Je lui ai dans un calme olympien répondu, ce n'est pas moi sur les photos. C'est une personne qui me ressemble. Je le voyais passer sa main dans sa barbichette avec un air méprisant.

Et comme mon passé jouait en ma faveur, je me suis retrouvé en maison d'arrêt de Colmar. En fait, cet argent devait servir dans un trafic de drogue entre des Suisses-Italiens, acheteurs et des vendeurs de haute voltige. Ils se sont donné rendez-vous à la cafétéria, mais d'autres se sont aussi invités au repas. Tout le monde est reparti à la gendarmerie pour l'addition. Pour moi ce jour de chance était juste là au bon endroit au bon moment. Je n'ai pas et, je n'ai jamais reconnu ma présence sur le lieu du litige.

Même en promenade, les trafiquants avaient essayé de savoir, mais surtout ils m'ont fait comprendre de ne rien dire. Cela les avait arrangés de voir ma position vis-à-vis de cette affaire. Le trafic de drogue entre ces deux équipes n'a pas pu être reconnu par la justice faute de preuve de la transaction. Le chat, surnom de mon complice au moment de ces faits, Jean-Luc de son prénom, malgré ma générosité et mon honnêteté face à mes associés, cela ne m'a pas payé.

Car tout au long de mon incarcération, il ne m'a jamais écrit une seule lettre, même pas un petit mandat reçu. Mais la chance sourit toujours aux audacieux. Lui, il a tout perdu et était de nouveau au chômage.

Il y en a plein, des gens de son espèce, tu les aides, ils t'oublient aussitôt, le revers de la médaille, la face cachée de l'homme.

Flamber

Combien d'argent faut-il pour en avoir assez ? Pour moi juste un petit peu plus… comme disait le dicton de Mesrine, cerise sur le gâteau. Moi, j'ai la chance et cette aubaine me permet de durer et de perdurer dans ma vie de hors-la-loi. Malheureusement, quand on joue avec le feu on finit par se brûler. C'est ainsi que mon histoire commence avec l'insouciance et s'achève comme un vrai polar noir. Ça rappelle quelque chose !

Avoir, pour en avoir plus, là est la devise de l'argent. Dans ma vie, tout au long de celle-ci, j'ai accumulé le nécessaire pour être à l'abri avec ma famille. Mais parfois cela ne suffit pas, le passé et la convoitise te rattrapent d'un seul coup. Même honnête ou un peu moins, on est toujours à l'affût d'un contrôle, d'un doute et on finit souvent démuni du petit édifice, construit au fil du temps. Moi, je me suis vu, dépecer pièce par pièce de l'empire dont je gérais les structures. Une dizaine de bar à filles, deux discothèques, mon petit appartement de St Laurent du Var, une quantité de voitures, neuves, de bonne marque. Tout s'était écroulé autour de moi par les saisies.

Même dans les affaires, à un moment elles finissent par faner, si on les arrose, elles reprennent de la couleur. Mais parfois, une forêt renaît de ces cendres, il faut toujours avoir un plan de replis. Mystérieusement, dans deux de mes affaires, l'incendie avait ravagé et détruit les bâtiments. Les assurances, tout feu, toute flamme prenaient ainsi le relai. Je ne perdais pas beaucoup. Enfin en théorie, car bien souvent je suis soupçonné, suspecté d'être l'investigateur, l'élément déclencheur, le détonateur de ces mises à feu. Heureusement de temps en temps j'ai un alibi.

Dans ces deux cas, il y a-t-il une différence entre une affaire qui brûle et une affaire de saisie? Non l'une ou l'autre sont perdues.

II

Au dernier jugement

Roland avec ses quatre cents coups, Roland a bout de souffle, Roland ou le cave se rebiffe mais ne le dit à personne. Au milieu de ce sombre tableau une lumière est apparue. Je vais jusqu'au bout de mon destin, ce n'est pas du vent, le temps a passé, les mois, les années, moi, je me suis mis à rêver.

Mais ce n'était qu'un rêve, la réalité du moment, elle m'a menti et mes rêves se sont envolés. Ma vie n'est pas du goût de tout le monde, certes, mais mon choix s'est construit avec le système D de mon époque. La richesse de mon enfance était mes proches, le côté spirituel de ma vie et de l'autre l'envie d'être, de mettre mon travail à la portée de ma richesse personnelle.

22 v'là les flics, mort aux vaches, ma poule, mon pote, tu te poses trop de questions, la loi du silence et pour moi, pas une conviction mais bien une vérité. Et comment demain va ressembler à aujourd'hui et à hier ou avant-hier.

C'est comme moi, comme vous, peut-être, de ne pas vouloir aimer les difficultés, mais sommes-nous satisfaits de ce qui va bien, de le voir et de l'apprécier. Moi pas forcément et souvent cette insatisfaction va de pair avec un sentiment d'injustice. Pour les autres tout va bien, ils ont de la chance eux et pourtant ils ne sont pas plus meilleurs que moi.

Si, il y a bien une réalité, dure à admettre, c'est bien de voir que la justice n'est pas infaillible mais c'est ce qui la rend fascinante.

Pourtant les loups ont presque disparu des forêts, certains d'entre eux sont même entrés dans les tribunaux et je me repose la même question sans cesse et je me souviens de mon rôle.

Etre innocent rend le jugement difficile de compréhension et apporte sa culpabilité, sur une vérité faussée d'une balance qui flanche sous des preuves non existantes et d'un coup sonné, assomme la condamnation sur un passé. Si vous me lisez aujourd'hui, c'est pour vous parler de deux choses.

Je crois aux écrits de la Bible, une vérité vraie. Je ne crois pas à notre Code pénal. Les hommes les utilisent comme bon leur semble. Il y a la justice des pauvres dont la condamnation est plus riche et celle des riches dont le verdict est plus pauvre. Les juges ont condamné Jésus à la crucifixion et comme on le sait, il n'avait rien fait de mal. Cette justice est encore présente de nos jours.

Je vais moi-même en subir les conséquences en portant la croix sur ma vie.

La pyramide

En sortant de prison en deux mille cinq, il m'a fallu reprendre une vie normale. J'étais libre. La nature, le ciel, les odeurs extérieures n'ont plus le goût du renfermé. Debout dans ma région, je pouvais me rasseoir face à la difficulté. Ma liberté m'a donné l'envie de vivre autrement et plus égale que de me soustraire aux règles de la société. Je me suis réinstallé dans cette belle région, l'Alsace. Et petit à petit l'oiseau a fait son nid. J'étais bien. Par un bel après-midi, je me suis retrouvé bloqué dans ma voiture, entouré par une horde de schtroumpfs, bleus de nervosité, armés. Je n'ai pas eu le temps de leur demander le pourquoi de cet encerclement. Je me suis en une fraction de seconde retrouvé menotté. Pour ne pas voir, ils m'ont mis un masque de nuit sur les yeux et un casque sur les oreilles. Une méthode pour impressionner, moi, cela m'a fait rire.

Je me suis retrouvé au OSRPJ de Mulhouse, motif, racket, extorsion de fonds, menace de mort et détention d'armes. Là encore, ce n'est pas la peine de leur donner des explications car ces messieurs, ont la science infuse. Une forme d'habitude venait encore de frapper derrière ma porte de cellule, incarcéré à la maison d'arrêt de Colmar. Mais pour une fois, heureusement je suis tombé sur un petit bout de femme, juge d'instruction dans toute sa grandeur. J'ai beau lui dire, la victime c'est moi pas ces manipulateurs de plaignants. J'ai effectué quatre mois de détention au frais de la princesse. A l'intérieur, j'ai fait connaissance de deux Strasbourgeois. Un devait être libéré dans les semaines à venir et l'autre est un adepte de sport, il est aussi un adepte des tribunaux. Je lui ai laissé mon numéro de téléphone, dans l'éventualité où il ait besoin de quelque chose. Après cent vingt jours, cloîtré dans ces murs, je suis passé en correctionnel. J'ai obtenu un non-lieu pour tous les chefs d'inculpations sauf pour celui du port d'arme. Elle appartenait à mon père. Ils m'ont condamné à deux mois fermes. J'ai barré quatre mois du calendrier. Mais je n'ai rien dit car le procureur avait demandé sept ans de prison.

J'ai repris ma vie, libre. Un soir, mon téléphone s'est mis à sonner.

« C'est moi, Marcello. Peux-tu venir me chercher, je suis à Colmar avec l'ami Doubaï, j'ai eu une embrouille.

_ Ok ! J'arrive. »

Je suis allé à sa rencontre. Surprise, il est bien là, en sang, devinez pourquoi ? Monsieur s'est évadé de la maison d'arrêt de Colmar. Il a scié les barreaux de sa cellule. Il s'est faufilé à travers les barbelés. Il m'a fallu l'emmener se faire soigner. D'où, il est reparti avec Doubaï. Quelques jours plus tard, nous avions rendez-vous à Châtenois, petit village isolée. A mon arrivée, des schtroumpfs de partout. A la vue, Marcello, m'avait donné l'impression d'être dans une voiture auto-tamponneuse. Il les a poussés à plusieurs reprises et il est arrivé à repartir sur Strasbourg.

Le soir même avec mon ami Yannick, on l'a ramené dans les Vosges. La maison où on s'est réfugié était la sienne et il l'a mis à disposition pour ce brave Marcello. Il devait y rester pour se reposer et se faire oublier. Mais monsieur est un amoureux du pied biche. L'heure de la cambriole a sonné la fin de sa cavale. Quant à Doubaï, il a eu une fin tragique. C'était vraiment ma dernière affaire où l'on pouvait me reprocher quelque chose. Mais, ma vie a repris sa route et j'ai choisi le chemin le plus droit.

J'ai travaillé honnêtement dans des affaires légales, la seule chose à me reprocher est seulement les impôts, je ne les payais pas comme tout le monde. On m'a donné en charge de récupérer les loyers de quarante-huit appartements. Je touchais pour chaque logement deux cents euros. D'ailleurs cela ressort sur mes fadettes d'écoute téléphonique car j'appelais le gestionnaire Gérard. Je l'appelais souvent car des fois j'avais beaucoup d'enveloppes des locataires chez-moi, ce qui représentait une belle somme d'argent liquide.

J'ai cru par un moment lors de mon interrogatoire, voir le juge après m'avoir posé par deux fois la même question me retrouver dans la difficulté d'y répondre. Et pour cause, je ne touchais que le RSA. Alors ces questions sont resté sans réponses et je partais dans une autre direction. Comme lui dire, comment je faisais pour arrondir mes fins de mois. Dans une grande enseigne, le responsable me téléphonait pour me dire quand il faisait son changement de mobilier d'exposition. Je venais pour charger tous les meubles destinés pour la destruction et je les revendais. Les prix variaient selon la qualité et les défauts, tel un choc ou autre. J'avais pour ainsi dire six cents euros de gagné par vente. Les gendarmes n'en croyaient par leurs yeux du montant que cela me rapportait.

Une photo du canapé dont l'étiquette du prix vente en magasin était encore attachée, annonçait mille quatre cents euros et sur le site bien connu au bon le coin des affaires pour ne pas le citer, m'avait rapporté sept cents euros pour un investissement de trois euros de gasoil et dix minutes de mon temps sur le net. Je ne pouvais pas ouvrir une quelconque entreprise, sans devoir montrer patte blanche, casier judiciaire vierge et toutes ces normes à la française.

Moi j'ai ainsi loué une salle au « Jack's Daniel », restaurant réputé. Il a pignon sur rue en Allemagne. Le mercredi et le vendredi soir, j'y venais. Le cercle des enjeux se faisait dans cette salle, car avec des commerçants, j'ai monté cette pyramide en France.

Mais les jeux d'argent sont interdits, car clandestin, dans notre pays. Pourtant tout le monde en raffolait. Alors pendant ces deux soirs, je n'avais qu'un seul but et le but du jeu est très simple. Tu viens avec ton enveloppe contenant mille ou trois mille euros pour avoir le droit de jouer. Dès l'argent encaissé, tu t'inscris. Tu mets ton nom dans un cercle fractionné en camembert. Une cible est dessinée sur une feuille posée sur une table. Cinq ronds font la cible. Tu déposes ton nom dans l'un des quartiers du cercle extérieur. Pour avancer, tu dois venir avec trois autres joueurs, c'était la condition initiale pour déclencher la partie. Et cela sans fin...

Il y avait des petits gagnants, nous en décidions les noms. La plupart du temps, ces noms sont éphémères. On les inscrivait avec deux autres avant chaque réunion, des faux gagnants bien sûr. L'argent gonflait dans nos poches grâce à la naïveté des gens. Une fois au hasard on désignait un gagnant dans les joueurs, il repartait avec une conviction d'avoir gagné avec une enveloppe contenant huit mille euros. On comptait lors de la remise du gain, haut et fort, juste pour faire entendre à l'assemblée les chiffres des billets dont avait rapporté le fameux gagnant. Tu as vu untel as gagné, peut-être que ce sera nous la prochaine fois...

Une clientèle typiquement alsacienne venait agrandir notre cercle. Le bouche-à-oreille fonctionnait plus que mieux. On a pris tellement d'enveloppes et pour ma part, les cent quatre-vingt mille euros, gagné me renfermait dans un cercle vicieux et sans fin. Je ne savais plus comment faire pour me sortir de ce rond infernal. J'ai tourné et retourné la situation dans ma tête. Dans la clientèle, il y avait des gens de la brigade motorisée de la gendarmerie de Colmar.

Alors il m'est venu une idée plus ou moins culottée. Comme je suis moi-même un joueur, un soir j'ai pris les feuilles où mon nom apparaissait dans les cercles et j'ai mis le tout dans le coffre de ma Mercedes. Ensuite je me suis rendu à la frontière française. Arrêté dans une cabine téléphonique, j'ai composé le numéro de la gendarmerie. Mon interlocuteur tout ouïe, écoutait mon discours sans un mot. Il a pu noter, à dix heures du soir, une Mercedes avec à son bord un dénommé Roland Meyer, allait franchir la frontière allemande, organisateur d'un cercle en Allemagne, aurait avec lui l'argent et les cercles.

A l'heure dite, un barrage m'attendait. Je me suis laissé prendre dans leur filet. Ils ont fait bonne pêche en trouvant les preuves nécessaires dans mon véhicule. Je leur ai fait savoir, ma présence dans cette assemblée car j'étais un fan et un joueur invétéré. Mais au final, menottes aux poignets, mes mots n'ont pas de sens dans leur logique. J'ai fait là une des journaux. Une aubaine, car toutes mes victimes, je leur ai signalé avoir tout perdu comme eux. En appuyant un peu, il est vrai, sur le fait, quelque part on était tous des victimes. Aucune suite n'est venue me perturber.

Alors avec mes complices nous avons pris la voie de l'import export, avec son siège social en Allemagne. Nous avons aussi monté un beau bar à Brissac, sous le nom « Le Bonaparte ». Il était situé en Allemagne, proche d'un casino. Je me suis rabattu sur l'Allemagne. De l'autre côté de la frontière, les portes sont ouvertes en grandes. Le seul point d'ordre donné était de suivre un examen sur trois jours pour maîtriser la propreté d'un établissement, l'hygiène de vie pour un commerce.

Dans les débits de boisson, la pompe à bière demandait plus attention. C'est la seule chose qui te permets d'ouvrir. La simplicité d'ouvrage donnait un sens à la création de son enseigne. J'ai pu ouvrir ce bar, anciennement un restaurant. Le nom est resté le même. Un lieu magnifique, les anciens propriétaires l'ont rendu splendide. Mélangeant du bois exotique avec du marbre rosé rendant le lieu ainsi comme un palace des grands hommes. On rentrait par la gauche du bâtiment pour se garer, où pouvaient stationner quatre voitures.

Quand on rentrait dans l'enceinte, on est accueilli par un bar arrondit. La beauté des lieux reflétait le luxe de l'endroit. On savait en rentrant les avantages pour les hommes, en manque de dépenser leur argent. Des petits coins sombres illuminaient le contour du comptoir de leur table et leur petite banquette. Le champagne était la boisson de la soirée. Les filles venaient travailler dans la bonne humeur surtout après quelques verres de trop. Elles savaient y faire avec ces hommes distingués. Cela leur rapportait cent euros par client. Le client me payait les consommations. Les filles ont obligations de faire une analyse tous les mois, une garantie pour la clientèle. Quand un venait de se faire ferrer, elle descendait avec lui par le petit escalier juxtaposé derrière le bout du comptoir.

Arrivée dans le sous-sol, le décor suivait la salle principale avant de s'évaporer dans un autre style. Sous l'escalier lui-même, notre stock se cachait. Les toilettes, ouvertes au publique, se trouvaient à droite en descendant. Une porte était fermée. C'était la porte du Paradies, le bien fait de la vie quand on est envieux de se satisfaire. Derrière ce bonheur trois chambres, rénovées, habillées de rideaux bordeaux pour l'une, un autre thème pour l'autre et pareille pour la troisième. Deux sont à même dans la chambre froide désaffectée pour l'occasion. Cette magnifique affaire, juteuse à foison, on a pu sur la longueur investir de nouveau dans un autre établissement.

On était clean, une affaire honnête, les flics nous foutaient la paix. Une grande différence avec notre belle France, une facilité d'ouvrir un bar et de l'exploiter sans souci apparent et sans document à fournir sur le champs. Le casino était ouvert toute la nuit, c'est un ami à la commande de cet établissement. Il y a aussi la pizzeria de chez Giovanni.

Ces deux respectables voisins nous envoyaient leurs bons clients. Nous avons fait de même. Quand ils viennent chez-nous, l'amour les épuisait. Alors on les renvoyait au casino pour se détendre un peu. Une combinaison gagnante ce mélange, sexe, drogue et jeu, elle dans l'ensemble ne faisait plus qu'un dans l'art de rapporter le jackpot. Le vice du plaisir, une idée satanique pour s'enrichir. Cela est vrai, pour hier, pour aujourd'hui comme pour demain...

A un moment mon associé a entrepris de vendre de la cocaïne. Alors le commerce se vendait au bar, une ligne est vendue soixante-dix euros. Dans un gramme on pouvait en tirer cinq à six, cette recette nous a rapporté tellement de voir nos clients en raffoler.

Une deuxième affaire a ainsi vu le jour. Un chiffre comme nom allait porter chance au lieu. « Le Seven », un établissement de trois étages aussi bien entretenu que l'autre. Une piste de danse, un bar d'attraction permettait de filer à l'étage du dessous, mon bureau, mon petit bureau ne payait pas de mine, mais les deux pièces qui le côtoyaient ont leur charme. Une pour le massage l'autre pour se décontracter en douceur de sa dure journée. Pour s'offrir une nuit d'enfer, sur l'eau ou sado, il fallait descendre encore un étage. A côté du stock, une pièce bleue reposait un lit où le sommeil flottait dans des mains expertes. Dans l'autre, la punition est au rendez-vous pour tous ceux dont les coups leur rendaient le sourire, trouvaient le bonheur suspendu à la maîtresse des lieux.

Ma dernière conquête

De toutes ces années de liberté de deux mille cinq à deux mille quinze n'ont pas été que de mauvaises années. J'ai fait de belles rencontres, je dédie ces quelques lignes pour mon ami Salva. C'est une belle personne, un ami sur qui on peut compter comme sa femme d'ailleurs. D'autres avec qui j'ai aussi gardé le contact aujourd'hui.

En deux mille six, j'ai rencontré Rachel, devenue ma femme et la mère de mes deux filles. Mes petites jumelles ont aujourd'hui neuf ans. Avec Rachel, c'est l'enfer. Même ces derniers temps, je suis encore en conflit avec elle. Même divorcé, je suis obligé de me battre pour essayer de faire appliquer la loi, celle d'être père et de pouvoir faire valoir mon droit pour mes enfants.

Mes enfants je ne regrette rien par contre votre mère, elle a le démon en elle. Au début tout allait bien, avant le mariage, je ne m'étais rendu compte de rien. Notre maison était devenue à longueur de journée un restaurant du cœur. Son père débarquait le matin aux alentours de neuf heures et repartait tard dans la soirée. Elle le prenait pour sa Conchita. Pourtant c'est son propre père.

Ensuite elle a eu les bonnes copines, bonnes dans tous les sens du terme. Tous les soirs de la semaine, c'était le coffee-shop. Au début, j'étais assez choqué car je ne fume pas et je disais à Rachel de se calmer un peu sur la consommation et c'était elle-même qui m'avait suggéré, elle a plein de copines qui fument du shit. Elle disait c'est peut-être bien d'en trouver car à la revente cela payait. Pour moi je savais très bien où en trouver, mais dans ce cas je ne voulais pas garder cette merde à la maison. Alors devinez ? Ben ! C'est qui la nourrice qui s'est proposé, son père, sans lui demander quoique se soit. Il le gardait chez lui. Je pense qu'il me devait bien ça. Même mon ex belle-mère, elle faisait la dealeuse.

Et oui ! Dans ces années-là, il n'existait pas le test salivaire, les Chicots-tests. Alors tu pouvais sortir tranquillement la nuit sans avoir peur de te faire contrôler. Et de là, la petite Rachel et ses copines ont entendu, il y a de la cocaïne qui se vend. Moi comme un con, j'ai essayé cette merde, certaines soirées les narines se transformaient en aspirateur. C'était la fête. Tu te rappelles Rachel de toutes tes nuits blanches, tu les as passées sur des lignes blanches en continu.

Si j'en parle aujourd'hui, c'est tout simplement pour dire, lors de ma séparation avec elle, elle a rencontré une petite merde et pour se débarrasser de moi, elle lui a raconté, tu sais c'est un trafiquant de drogue en sachant très bien, que ce gars-là allait me balancer. Cela a été le cas car en lisant mon dossier, j'ai pour ainsi dire vu, les gendarmes m'ont mis sous écoute téléphonique. Mais dans notre pays, il n'est pas interdit de consommer.

Aujourd'hui pour moi c'est du passé. Pourtant je suis divorcé depuis six ans, mes petites puces viennent d'avoir neuf ans et je suis toujours en procédure contre leur mère. Elle ne respecte pas les droits de visite, tout est fait pour ne pas les voir ou ne pas les avoir au téléphone. Le jugement est en ma faveur. Même dans ce pays comme je vous l'ai déjà dit, la justice à souvent la vue basse quand cela l'arrange.

C'est pour moi, la vérité vraie. Et pour le respect de mes enfants, je ne vais pas tout divulguer mais plus tard, il y aura des personnes pour leur dire et décrire le vrai visage de leur mère. Il y a eu ce mariage, la séparation, mais je n'ai pas cessé de vivre, mes jumelles n'avaient que trois ans, mais j'étais là pour elles, toutes les semaines je les prenais chez-moi dans leur nouvelle maison. Du vendredi au dimanche soir, je les avais avec moi. Quand on se promenait dans le village ceux qui me connaissaient se demandaient si mes filles avaient une maman.

De l'été deux mille treize à celui de deux mille quinze, pendant les vacances, dans ces deux mois, un était pour moi avec mes filles. J'étais heureux de les avoir, on faisait des sorties. On profitait d'être en famille pour faire un maximum de choses. Moi l'homme fiché au banditisme, dur de chez dur, un cœur de pierre dans les travers de la prison, je fonds d'amour pour mes filles, mon cœur s'ouvre par leur présence. J'ai dû rendre malheureux ces pauvres gendarmes car j'étais tout le temps à la maison, je ne bougeais pas. Et j'espère ne pas avoir permis de mettre la moitié de la gendarmerie au chômage par mon inactivité criminelle.

Comme toutes les deux adoraient l'eau, tous les dimanches matins, je les amenais à la piscine, l'eau était chauffée, elle est ouverte seulement pour les enfants en bas âge. Je ne vous dis pas la galère de surveiller son enfant parmi tant d'autres, mes deux d'un coup courant dans tous les sens, se jetant dans l'eau à tout va, elles n'en faisaient qu'à leur tête. Et, malgré leur jeune âge elles n'avaient pas peur de sauter en eau profonde. Même si elles n'avaient pas peur, elles se débattaient comme de vraie petite grenouille. J'en garde de magnifique souvenir.

Des fois, j'étais content d'arriver en fin de matinée. Souvent les après-midi je les amenais dans des parcs à jeux ou au zoo, si elles n'étaient pas trop fatiguées. J'avais perdu contre elles et par ma faute. Je les avais emmenés faire du poney. Car toutes les semaines, elles me disaient papa, on va faire du poney, je ne pouvais rien leur refuser. Alors je les amenais. Elles adorent les animaux. C'étaient des promenades dans les campagnes où elles découvraient de belles choses.

Quand elles étaient plus grandes, je leur ai acheté une piscine pour la maison. L'été quand il faisait très chaud, elles se baignaient jusqu'à tard dans la soirée. J'ai deux vraies sirènes. Par contre le papa, lui faisait le barbeuk. Tout le monde s'invitait. Chez nous, c'est un naturel et c'est comme ça à la campagne.

C'est comme pour l'anniversaire de leurs cinq ans, j'ai organisé une fête dans un espace loué pour cette occasion. J'ai tout préparé du repas aux invitations de leurs copines. Elles étaient aux anges. J'ai aussi prévu une balade à dos de poney. Mais le jour J, tout le monde était présent sauf l'essentiel. Leur mère avait oublié le rêve de nos filles. Rachel a disparu de cette journée. J'avais beau téléphoner à droite à gauche, mais pas de nouvelle. J'ai remué ciel et terre. Mais j'en reste encore brûlé au fer rouge de cet anniversaire. Elle a osé laisser les petites chez une tante pour partir avec un de ses prétendants. Vexé de ne pas savoir où se trouvaient mes filles. J'ai acheté des petits bijoux en Amérique. Des traceurs, oui des traceurs pour la pister.

Quand leur mère les mettait à la crèche car elle n'avait pas le temps de s'en occuper, je m'empressais de les récupérer pour les ramener chez moi. On en est arrivé à un point ou les petites ne voulaient plus rentrer chez leur mère. Car chez elle, c'était la tristesse pour elles. Aujourd'hui mes filles ont grandi par contre leur mère n'a pas changé. De toutes les nouvelles dont je puisse avoir de mes filles, on me dit, on me rapporte, dès qu'il n'y a pas d'école elle les place à l'espace jeunesse.

Elle n'est pas capable de leur donner du bonheur. Elle ne pense qu'à elle. Sortie entre copines, son petit sport de tous les jours et les fins de semaine, les boîtes de nuit. Alors, le week-end, elle est trop fatiguée pour amener les filles en activité. Au final heureusement elle a ses Conchita, entre autres son père. C'est pour cela, cette mauvaise personne fait tout pour couper le cordon qui me relie avec mes filles, de peur que les petites ne se plaignent. Il y a plein de personnes notamment de sa propre famille qui est scandalisée de son comportement.

Je peux aussi dire haut et fort, les gamines n'ont jamais manqué de quoique se soit, il m'est arrivé de passer dans les garderies, chez le fournisseur de gaz, d'électricité afin de régler les dettes qu'elle accumulait pour ne pas voir mes filles souffrir l'hiver du froid, etc....j'en passe des vertes et des pas mûres. Elle est même arrivée malgré notre divorce, à obtenir un prêt bancaire à nos deux noms. Cela m'a coûté pas loin de quatre mille euros.

Mais tout ça, personne n'en parle aujourd'hui, même pas sa conseillère bancaire. Et depuis, elle est fichée à la banque de France comme interdit bancaire. Quand je vais sortir de prison, je vais reprendre une vie normale. Je ferai tout pour et en sorte d'avoir mes filles auprès de moi. Et la vie reprendra son cour d'eau et on se baignera de nouveau tous les trois comme avant.

Quand tout va bien…

Les rouages d'une vie simple, réglés comme une horloge, entraînent son lot d'imprévu. J'étais chez moi, je suis tranquillement posé sur mon canapé, plongé dans un film, pas celui de ma vie, les yeux rivés sur l'écran. Soudain ! Un bruit fort et sourd à la fois m'a sorti de la scène, une explosion venait de me faire rebondir, dans mon petit écran la voiture de police pourchassée...qu'une personne criait gendarmerie derrière ma porte.

En ouvrant, une tête de flic me demandait mon identité, déballant par la même occasion leur visite. Ils sont là, mandatés par ordre du parquet pour m'arrêter et perquisitionner mon domicile. Je reste bouche bée de l'accusation. Ils fouillaient dans tous les recoins à la recherche d'armes, de bijoux, d'argent liquide qui ont été subtilisés lors d'un braquage. Rien, rien n'a égayé leur satisfaction. La seule chose qu'ils ont pris en passant, mes dossiers, saisis sur le coup. Ces documents font partie de mon entreprise, une société à mon nom. Sur mes documents apparaissaient des véhicules neufs, de plusieurs marques, achetés lors de transaction de mon entreprise à une autre. C'était mon travail, rien à voir avec leur venue chez-moi.

Trente-deux heures en garde-à-vue pour un braquage dont je n'en connaissais pas le moindre détail. À la fin de cette garde-à-vue, le juge d'instruction m'avait fait relâcher. Il n'y avait aucun élément pour me confondre dans ce dossier. Les inspecteurs ont photocopié tous mes documents professionnels et me les avaient rendus comme si de rien n'était. Quelques mois après cette fameuse rétention, je me suis retrouvé derrière les barreaux, toujours pour ce braquage, sans avoir pour autant plus d'élément à charge contre moi. Ils savaient très bien, dans cette situation de devoir me relâcher. Ben non ! Ce ne fut pas le cas, ils ont ressorti toute la paperasse mentionnant les derniers véhicules achetés dans plusieurs garages de marques, sans aucune question de la part des gendarmes. Je n'ai pas vu un juge non plus. Je me suis retrouvé devant le tribunal correctionnel pour répondre du chef d'accusation d'escroquerie. Là, je suis tombé des nus.

J'ai expliqué au juge, dans un ton normal, que depuis des années je pratiquais de la sorte, j'avais un délai pour les vendre et rembourser ainsi l'achat. Mais pour le tribunal ce n'a pas été très clair, ils n'ont rien compris comme moi-même d'ailleurs. J'ai écopé une peine de prison, dix-huit mois avec obligation de rembourser les concessionnaires. Des sommes rondelettes circulaient sur mon compte, cela transpirait d'un roulement tout à fait professionnel. C'étaient des transactions tout à fait normales et logiques dans ce corps de métier. Quand je dis qu'on s'acharne sur moi, c'est la triste vérité.

Je vais quand même vous parler de ce fameux braquage. Cela concernait les recettes du marché de Noël de Robert, la fameuse victime. On me l'a présenté quand je tenais les bars en Allemagne. J'ai sympathisé avec lui. C'était un bon parleur, de taille moyenne, cheveux grisonnant, habillé dernier cri. Il avait le parlé facile. Son rêve était de jouer dans la cour des grands. Quand il était parmi nous, il dépensait sans compter. De temps en temps, il me disait Roland: " j'ai cinquante mille euros à récupérer. Les gens lui créaient des problèmes quand il voulait les récupérer." Donc je l'accompagnais et tout s'arrangeait sans souci. Un jour il m'a dit, accompagne-moi dans les Alpes, j'ai plusieurs hôtels où je fais des affaires.

Moi comme je suis curieux de nature, je suis parti avec lui.

Et là ! Je suis tombé sur le cul. Avec sa tête de con, Robert avait mis un système de vente de cocaïne en place. Je n'en suis pas revenu, monsieur passait et laissait chaque début de saison, la drogue et en fin il venait rechercher la monnaie. Il avait même dans les Alpes suisses à Davonne, le même trafic. J'avais eu l'occasion de l'accompagner. On a dû prendre le train avec la voiture car on ne pouvait par y aller par la route car c'était le seul moyen pour y accéder. Ce trafic générait beaucoup d'argent.

Et quand on revenait en France, on était rempli de cigarettes car tout était détaxé. Mais moi, la drogue ce n'est pas mon truc. Il s'était associé à Alex, une vielle connaissance à moi. Ils s'étaient pris la tête avec le Gilles car ils avaient acheté un immeuble et un restaurant. Mais le Gilles était plus escroc que le Robert, il lui avait mis la carotte. C'était à ce moment-là que le Robert est revenu vers moi. Il m'a proposé de faire une escroquerie à l'assurance. Cela devait se passer pendant les fêtes de Noël. Il m'a dit: " j'aurais une grosse somme d'argent chez-moi." Il m'a aussi dit: " j'ai aussi à mon domicile un secrétaire en marqueterie datant du moyen-âge." il valait selon ses dires cinquante mille euros, des vases de grande valeur, des tableaux de maître, des montres de grandes estimations et divers bijoux luxueux.

Son idée était de tout retirer de chez-lui et de tout mettre en lieu sûr. La suite devait avoir pour finalité de permettre de se faire rembourser par l'assurance, de se faire braquer avec sa femme chez-eux. Sa femme n'était pas au courant. Il me l'a proposé, mais je n'ai pas donné suite en deux mille treize. Bingo ! En deux mille quatorze, Robert s'était fait braquer juste avant Noël. Un an après, les soupçons se sont portés sur mon beau-frère et Vincent, moi. On l'a vu, les gendarmes nous ont relâchés.

Une chance, elle était de permanence

En deux mille quatorze, en sachant que les gendarmes voulaient me faire tomber à tout prix, un beau jour, j'été convoqué à la gendarmerie. Face au bâtiment de l'ordre publique de Guebwiller, à l'intérieur, le motif sur le papier de ma convocation, ils ont bien pris leur précaution pour ne rien laisser filtrer avant mon arrestation. Car on peut appeler cela un guet-apens. Me sachant blanc comme neige, je suis présenté à leur convocation et, là, ils jubilaient. Le gendarme qui m'a placé en garde à vue pour une sombre histoire d'agression avec arme venait de me mettre un coup. Menace avec arme sur une personne à son domicile, venait de me mettre en lumière. Pour vous dire son nom, je ne l'invente pas, ce bleu, s'appelle le Rat, pas mal pour un enquêteur. Donc ce jour-là, le ciel venait de tomber, la tête dans le noir je ne comprenais pas ce que l'on me reprochait. Donc, j'ai pris un avocat de permanence du nom de Gourmand Claire du Barreau de Colmar. Elle n'a pas mis longtemps de m'assister lors de ma garde à vue. Elle s'est présentée à moi car auparavant je ne l'avais jamais vue. Elle m'a demandé de ce qu'il s'était réellement passé dans cette affaire. je lui ai répondu que j'étais comme elle, j'e n'étais au courant de rien. Je ne comprenais pas ces accusations. Les interrogatoires se sont enchaînés dans toute la longueur de la journée. Et ce Rat, commençait sérieusement à me taper sur le système. L'avocate m'a demandé à plusieurs reprises de garder mon calme. Mais comment garder son calme quand on est innocent. Car bien sûr, ils étaient sûrs de m'envoyer en prison. Ils ont même poussé leur vice avec une identification derrière une vitre sans teint, mais il faut quand même savoir que derrière cette vitre j'étais tout seul à être présenté. Et la fameuse victime, m'a reconnu sans hésiter. La tension pouvait se sentir et montait d'un cran car j'entendais mon avocate dire à l'enquêteur, "Ras le bol, nous sommes dans l'illégalité car mon client est seul face au tapissage." Mais rien à faire , l'enquête est rongée de façon que je n'ai aucune chance de m'en sortir. Pourtant l'avocate ne lâchait pas l'affaire car elle aussi sentait qui, il y avait un truc qui clochait.

Arrivait à 23 heures, dans cette heure tardive, ils voulaient me mettre en cellule de garde à vue et, là, l'avocate si opposait fermement car je n'avais pas mon appareil respiratoire et elle a demandé l'avis d'un docteur. Ils m'ont transféré sur l'hôpital de la ville. Le médecin de garde s'est rangé sur l'avis de mon conseil. Donc ils m'ont relâché jusqu'au lendemain. Le Rat tirait la gueule.

Bien sûr, le lendemain je me suis, de nouveau accompagné de mon avocat, présenté à la gendarmerie. Et là, les choses ont repris de plus belle. D'un coup tout s'est arrêté car la victime a menti dès le début, il m'avait chargé à mort tout cela à cause de mon frère Christian. Car la soit-disant victime a bien eu des problèmes chez lui mais pas avec un

Roland mais un Christian. Je pense que les gendarmes le savaient dès le départ mais ils ont voulu me faire plonger moi.

Mais mon frère quand il a appris que j'étais en garde à vue, il s'est conduit en homme et s'est présenté de lui-même devant le Rat pour lui donner la version de la véritable histoire. Voilà comment une personne innocente peut finir en prison de nos jours. Heureusement que cette avocate m'a fait confiance car je pense si je ne serais retrouvé devant un juge, j'aurais plus galéré pour me faire entendre. Malgré le fait de leur avoir démontré que je ne connaissais pas la victime, les gendarmes ont continué à enquêter, mon frère n'a jamais été mis en examen. Je vous laisse deviner pourquoi la peur que cela remonte à la surface.

©Comment peut-on encore faire confiance en cette justice, elle s'étonne du pourquoi quand on a un passé judiciaire on ne se présente pas spontanément à leur convocation. Souvent on a à faire à une mascarade de justice devant ces inspecteurs affamer de faire tomber des têtes déjà fiché. Il faut mieux un Roland qu'un Christian. Des cas comme cela j'en ai déjà vu. Merci Maître...

Tout va mal…

Dans cette affaire de braquage, les gendarmes avaient un ADN. Ils ont dès lors arrêté un dénommé Farid. La preuve était irréfutable car retrouvé sous l'attache qui servait à entraver la victime, dans un petit morceau de gant latex. Il s'est retrouvé devant le fait accompli, il a demandé le droit au silence. Mais voyant la partie perdue, il s'est mis à table et il avait fait un deal avec les inspecteurs. Crachant sa vérité, il a donné les noms de ces complices, les nôtres.

En n'oubliant pas d'apporter des précisions expliquant que c'était moi l'organisateur et le rôle de chacun.

Dans cette histoire, Robert aura baisé tout le monde. Je ne sais toujours pas s'il a vraiment été braqué. C'est un mec assez tordu, un an auparavant il apparaissait dans un trafic de drogue. Arrêté aux péages de l'autoroute de Strasbourg avec quinze kilos de coupe pour la cocaïne. Mais la magie avait opéré depuis car, il n'apparaît nulle part dans cette affaire, devenu blanc comme neige, est-ce que le frère de sa femme, militaire haut gradé de l'armée, ce brave Général aurait fait quelque chose pour le sauver, je ne le sais pas.

Ce que je sais par contre, l'enquête contre moi est diligentée par des gendarmes et les gendarmes sont des militaires. Le juge d'instruction lui-même est un ex-militaire.

Robert me connaît. Mais il ne connaît pas Vincent, ni Franck, mais connaît Farid. Farid connaît Franck et Vincent. Moi, je n'ai vu ce Farid que quelquefois.

Cette accusation aura eu pour effet une énième fois de m'emmener derrière les murs de la prison. Face au manque de preuves et en attendant d'en avoir plus précis, ils se sont servi de petites affaires non avérées pour me garder en détention. Mais il faut savoir que la date du vingt-huit septembre deux mille quinze me restera amer et lourd de conséquences dans ma vie personnelle.

Vingt-huit septembre 2015

Ce fameux vingt-huit septembre deux mille quinze, par une belle journée, je faisais l'entretien de la piscine, chez-moi. D'un coup, j'avais vu un défilé de voitures qui ne me sont pas inconnu. J'avais de suite pensé au pire. Ils se sont approchés de la maison, hé oui ! C'était bien une compagnie de gendarmerie. Je n'avais plus aucune issue de secours.

À croire que leur présence en force était faite pour m'impressionner. J'ai gardé mon calme olympien. Je leur ai demandé ce qu'ils voulaient. Ils m'ont répondue qu'ils cherchaient mon beau-frère Franck. Bien sûr je savais où il se trouvait. Mais j'ai perdu la mémoire. Avec tous les moyens qui sont à la disposition des gendarmes, ils me demandent à moi où se trouve Franck. L'ironie du sort, le seul moyen apparemment c'était moi.

Je me suis dit les carottes étaient cuites. Comme il n'était pas là, ils s'en sont retournés dans leur tanière. J'ai senti que mon heure avait sonné. J'ai attendu un instant. J'ai réfléchi au plus vite pour sortir mon beau-frère de cette situation. Je me rappelais, il y a quelques mois en arrière, on a fait trente-deux heures de garde-à-vue avec cette même brigade. Je savais que c'était suite à ce drôle de braquage qu'ils sont revenus.

Hors après les avoir rencontré je n'ai plus eu vent de cette affaire et je ne savais pas non plus l'avancé de leurs investigations. Alors j'avais pris un véhicule dont ils n'avaient pas les renseignements. J'ai rejoint Franck dans sa chambre d'hôpital. Il était là sous perfusion, il m'a montré tous les messages de ces braves gendarmes. A partir de là, j'ai mis en place une voiture pour Franck. J'ai expliqué à celui-ci, dès la tombée de la nuit, comment sortir de cet endroit médicalisé pour se rendre chez des amis sûrs. Je lui ai aussi dit de se reposer en attendant de savoir à quoi rimait la visite des condés. De retour à ma maison, j'ai préparé mes affaires en peu de temps. Le quartier puait. J'ai eu raison la flicaille a pollué dès le lendemain matin six heures les alentours de chez-moi.

Mais l'oiseau s'est envolé. De temps en temps je remettais la batterie dans mon téléphone. La plupart du temps il était muet. Je ne recevais aucun appel. Là d'un coup, à peine allumé, la sonnerie des messages n'arrêtait pas de se mettre en avant. Elle résonnait sans cesse. Cela m'a tellement gonflé que j'ai fini par les rappeler. Juste pour savoir ce qu'ils me voulaient.

L'inspecteur au bout du fil m'a dit de me rendre pour compléter quelques informations sur l'affaire du braquage. Je lui ai répondu, "je ne veux pas me soumettre à vos conneries" et le ton est monté. J'ai suite à ce coup de fil appelé le juge en charge du dossier. Je lui ai dit pour le moment je ne peux pas me rendre pour m'occuper de mes affaires.

J'avais avec moi mes petites filles de six ans à cette période. Je suis séparé de leur mère. Il fallait m'entretenir avec celle-ci pour les enfants. Car je savais très bien où j'allais finir. Un hôtel sans étoile à la surveillance cadré, service compris en chambre. Entre temps j'ai eu vent de l'arrestation de ce Farid. Le premier à avoir été arrêté et emprisonné à la maison d'arrêt. Dans sa lancé il avait balancé Vincent, lui aussi placé en détention.

Alors je me suis demandé à quelle sauce je vais être mangé. J'ai passé le week-end dans une villa. Elle surplombait Guebwiller. Ils ne m'ont jamais autant tourné autant ce jour-là, les flics étaient à l'affût de me voir menotté. J'étais en bonne compagnie, ces deux jours ont été magnifiques. Mais depuis je n'ai plus de nouvelle d'elle.

La nuit je sortais juste pour faire borner mon téléphone près de ma résidence principale. Ils ne le savaient pas, mais on a installé un système de télésurveillance. Les images nous ont montré la force déployée, on les voyait aussi bien à pied qu'en voiture, changeant de coéquipier pour former un autre couple de passants. Un scénario digne d'un polar. Il y en avait de partout. Les seuls à ne pas se reconnaître c'étaient bien eux. J'ai certifié au juge que dès la nouvelle semaine, je serais dans son bureau. Mon ex-femme était sous étroite surveillance comme mes enfants. Il croyait me voir me jeter dans la gueule du loup.

Lundi matin, j'ai téléphoné à six heures pour dire à la mère de mes filles de venir à ma maison. Je lui ai précisé je m'occupe du reste. Elle m'a dit que les gendarmes étaient chez moi. Ils m'attendaient. J'ai rappelé celui que j'ai eu au téléphone auparavant.

Alors après un accord en commun établi, j'ai obtenu à ne pas me faire arrêter devant mes enfants. J'ai pu ainsi dire profiter du temps que je voulais. J'ai conversé avec Rachel au sujet des enfants. Mais à la suite de cette discussion, les engagements n'ont pas suivi d'effet. Dès le départ, ils ont intégré les lieux. De partout il en venait. A mon grand étonnement, ils n'avaient même pas fait de perquisition. Directement ils m'avaient conduit dans le bureau du juge au tribunal de Colmar.

Le juge, tête baissée, dans son dossier m'avait lu la déposition de ce Farid. Il nous a tous balancés. Le juge rondouillard l'a cru sur parole. Le dialogue était à bâtons rompus. Dans la foulée il m'a annoncé sa demande de mise en détention. Face au juge des libertés, une femme, lunettes bleu nuit, les lèvres pinçaient l'autorité de son devoir, ont continué de s'acharner sur moi.

Et vue que je ne reconnaissais pas les faits qui me sont reprochés, je me suis retrouvé en isolement total. Voilà comment les petits juges ont le moyen de mettre la pression pour obtenir des aveux. J'y suis resté treize mois dans ce quartier insalubre, noir d'envie, un lieu persécutant. Ils me l'ont aménagés spécialement pour moi, un isoloir, dans le quartier du mitard. Un lit en béton, une table et un tabouret scellés, d'un ton grisâtre pour illuminer l'enfer où je me trouvais. Ce bon juge a poussé le vice en me supprimant les permis de visite, en renvoyant les mandats à l'envoyeur. Je n'avais même pas d'autorisation de pouvoir téléphoner, sauf à l'avocat. Mon courrier faisait le tour du monde et revenait après un périple de quatre-vingts jours. Comment appelle-t-on ce calvaire carcéral ?

Il y a quand même des inspections, mais quand ils arrivent, les inspecteurs trouvent l'endroit clean. Tout est fait avant leur arrivée, un nettoyage de printemps réalisé. Ce n'est pas seulement dans cette maison d'arrêt mais dans toute la France.

Madame la directrice, responsable de l'établissement venait à ma rencontre toutes les semaines. Elle n'avait pas de pouvoir sur ma détention. Seul maître à bord, le juge manipulait le fil de ma vie, j'étais sa marionnette.

Nous avons tous soutenu notre innocence, sauf, bien sûr Farid, dans ce dossier. Sans aucune preuve matérielle et dans la période où les attentats gagnaient nos villes, ils ont obtenu des autorisations spéciales pour les perquisitions de nuit.

Comment expliquer sa version, alors que, dans les faits, elle sera retirée de son contexte, pourquoi mentir, ou alors pour que se soit traduit à mauvais escient. Dans ces réflexions seules leur décision compte et sa valeur vous jugera. Alors attendre, enfermer, quatre murs, une porte, une serrure, un gardien, une éternité de secondes pour méditer, je pouvais lire au plafond ma souffrance, ma haine et l'envie. Pourtant j'y croyais encore à la vérité. Mais le temps avait passé, laissant derrière lui, les aiguilles du mal, me percer à coups de requêtes du juge. Mais j'étais debout, j'ai encaissé, encore et encore.

Et la balance a penché

Sans aucune preuve, une seconde garde-à-vue est venue me cueillir. Le renard fait semblant de dormir, mais en réalité il compte les poules. Moi, je venais de compter les poulets dans cet espace réduit, loin de la liberté, menotté à un socle en ciment. Face au bureau, une pièce sans fenêtre, des gendarmes face à moi, je regardais la grande porte en chêne. L'instant d'après, je me suis retrouvé assis devant le juge.

Des hommes en bleu sont passés puis repassés dans un cycle infernal pour m'impressionner peut-être. Mais là n'était pas la question. Avant de voir au petit matin, seize hommes du GIR[11] frapper à ma porte, j'ai eu au téléphone l'homme de loi. J'ai compris à ce moment-là, un juge peut se transformer en tumeur.

Farid, tes empreintes sont retrouvées sur le lieu de l'agression, une séquestration et tes paroles te permettent de reprendre une vie après quelques mois de détention sous un aménagement de peine. Qu'on ne me dise pas ce gentil ne méritait pas plus. Tu as déguisé la vérité pour protéger ton équipe au détriment de personnes innocentes.

Peu importe le nombre, deux ou dix mille flics, la seule importance et de te faire tomber. La balance doit ramener

---

[11] Groupe d'Intervention Rapide

du biscuit et croyez-moi l'imagination de certain est immense. Enfin bref...

Le juge est plongé dans son dossier et avait relevé la tête, dans un soupir, long et, continu m'a regardé d'un air autoritaire.

« Meyer Roland, tout est clair, me lance-t-il ! »

On aurait dit une petite souris qui vous crache à la gueule. Enfoncé dans son siège après avoir énuméré une liste impressionnante d'agressions dont je serais l'auteur, s'est redressé d'un bond avec ses yeux d'inquisiteur.

« Meyer, nous avons une source sûre, comme quoi vous êtes l'auteur et le cerveau de cette affaire. Reconnaissez-vous votre culpabilité pour l'attaque à main armée dont je viens de vous en faire lecture ? »

Sûr de moi, je l'ai regardé droit dans les yeux.

« Monsieur le juge, je suis étranger à cette affaire. »

Le juge m'a répondu.

« Que vous avouez ou non pour moi vous êtes un homme sans tête. »

Charmant ce petit juge, j'ai avalé ses paroles comme une atteinte personnelle. Je ne connaissais pas la motivation, mais j'étais prêt à lui démontrer qu'il faisait fausse route.

Dans ma nouvelle demeure où le mobilier est scellé, peut-être ont-ils peur que je parte en cavale avec les meubles. J'étais pensif. Je revoyais l'audition chez le juge. Il m'avait en main propre montré les déclarations de ce Farid. Je serais plutôt du genre, je vais directement en prison sans passer par la case départ si j'avais fait confiance à un complice dont je n'ai fait la connaissance il y a à peine six jours avant les soit-disant faits. L'indicateur de la police jette un sacré doute sur ses déclarations. Enfin en attendant j'étais cloîtré du monde et dans une impasse où seule la vérité m'enfermait pour le moment.

Là où parfois le temps paraît interminable comme dans un cauchemar qui vous réveille sans cesse et dont personne ne peut vous libérer pour le pire comme le meilleur.

Je me devais avancer, je suis innocent, pour moi, pour mes enfants et mes proches, pour la vérité simplement. Mais la race des seigneurs se fait de plus en plus rare dans le milieu. Le souvenir de voir le juge dans une rage car je ne lui disais pas ce qu'il voulait entendre. Ce Farid était un vrai petit bijou pour le juge.

Si vous saviez à quel point ceci est fatigant d'avoir toujours quelque chose à prouver.

Les hommes, les vrais, sont rares à la vérité c'est le monde de l'embrouille, de l'enculade, du m'as-tu-vu, de l'orgueil démesuré, un monde de frimeurs sans calibre, certains durs de quartier ne sont que des lâches. En prison on voit les vrais hommes à leur attitude, à la façon de savoir payer la tête haute et non le ventre à terre, n'est-ce pas Farid. Si la plupart des femmes voyaient leurs hommes en taule leur façon de se conduire, elles se feraient lesbiennes. Le Farid, il vivait sa peur comme les chiens de sa race.

Comme on peut lire dans la Bible : œil pour œil et dent pour dent. J'ai eu le meilleur, je n'ai pas peur du pire.

Avis d'ordonnance rendue et le mien

Un an après avec treize jours de moins sur la date de mon arrestation, je venais de recevoir le compte rendu avec les qualifications d'accusations. Lire les articles de loi, c'est barbant et incompréhensible quand on ne connaît pas le code pénal. Mais l'énoncé, lui on le prend bien comme un coup poignard dans le ventre. Etre accusé est un fait, mais quand on est innocent, on le prend comme une attaque et la guerre s'enclenche. On dit bien "le pot de terre contre le pot de fer", le nombre et la puissance du pouvoir en face sont sans doute la pire épreuve pour un être humain.

Sur la vielle chaise pénitentiaire, la cellule fermée, le dossier posé sur la table déglinguée par le passage de nombreux détenus, j'étais assis, lunettes sur le nez, je venais de plonger dans cette lecture.

Farid, en contrôle judiciaire depuis le dix-neuf mai deux mille seize après huit mois de détention provisoire, moi détenu à Épinal depuis le vingt-huit septembre deux mille quinze, Vincent à Nancy détenu depuis le vingt-cinq septembre de la même année que moi, Franck à Sarreguemines dans la même période au dernier jour du mois de novembre et Elodie libre.

Qualifications des faits :

Avoir à Ohnenheim? dans le soixante-sept, le vingt et un décembre deux mille quatorze dans ce département soustrait frauduleusement des bijoux, des armes et une forte somme d'argent, c'est-à-dire la recette de la saison dont l'estimation se rapporte à environ vingt-six mille euros journaliers, à l'encontre du commerçant Robert et de sa femme. Les circonstances sont aggravées car commises avec l'usage d'une arme, notamment des armes de poing.

Et on continue: sans ordre des autorités, arrêté, enlevé ou détenu les victimes de cette attaque. Lesdites personnes ayant été libérées avant le septième jour accompli depuis leur séquestration.

L'enquête dans sa première constatation décrit les faits.

Le couple exploitait un chalet sur le marché de Noël à Riquewihr. À la fermeture, après avoir regagné leur véhicule, ils ont rejoint leur domicile. Une fois dans leur maison, des individus au nombre de trois frappaient à la porte vitrée situé à l'arrière de la maison. Le commerçant sans se douter a ouvert et, dans l'instant, un individu cagoulé lui a posé une arme à feu sur la tête. Ligoté sur un fauteuil dans le salon, la peur au ventre, il s'inquiétait pour sa femme. Elle a été maîtrisée par une personne masquée d'un masque plastifié et d'un pantalon noir. Elle est entravée par des liens en plastique à la porte du frigo.

Un troisième personnage, quant à lui, fouillait la demeure. Les malfrats ont l'air d'être bien rencardés. Après avoir fait main basse sur des bijoux, des armes, une carabine Winchester et la recette de leur commerce, ils se sont enfuis par le même chemin.

Je pose la lecture un moment pour essayer de visualiser la scène. Je reprends sur la déposition des victimes.

Robert soupçonnait un dénommé Roland Meyer comme pouvant être l'auteur et même étant l'organisateur de cette attaque. Il précisait aussi connaître cet individu. Dans le temps, ce Roland lui avait conseillé une installation d'alarmes et de caméras de surveillance. Il a rajouté l'avoir rencontré des années plus tôt et eu fait affaires avec lui concernant le fusil Winchester dérobé lors de son agression. Il se rappelait du prix, c'est-à-dire mille deux cents euros. Une autre affaire avait relié les deux hommes concernant un stand au marché de Noël de Thierenbach. Il dit aussi ne plus avoir de contact avec lui depuis deux mille douze. Il dit encore que cette information concernant ce Meyer, lui a été indiquée par une personne. Pourtant il ne signale aucun élément concret. Hormis une voiture break de marque BMW. En état de choc celui-ci s'était vu prescrire le soir même, un arrêt de travail d'un mois.

« Waouh ! Alors pourquoi je l'avais vu dans le journal télévisé de la région dans la foulée de sa soit-disant agression. Il avait le sourire et fanfaronnait devant les caméras, il avait dit de ses agresseurs être des personnes de l'extérieur et surtout il avait affaire à des professionnels. Il a repris avec son épouse le chemin du travail dès le lendemain. Mais cela ne saute aux yeux de personne. »

A l'audition de sa femme on apprenait de ce Meyer qu'il devait une somme d'argent à son mari dont il n'a jamais remboursé et à la suite de ça, elle et son mari ont cessé de le voir un an plus tôt. Elle signalait aussi le croiser de temps en temps, comme en octobre deux mille quatorze lors d'un marché de Noël à Cernay. Comme celui aussi de Riquewihr fin novembre deux mille quinze.

« Traumatisée mais précise, je fais une pause. Un petit thé servit, puis, je repars dans l'énoncé du témoignage du voisin de ces accusateurs. »

Monsieur Fabien est intervenu après l'agression, sans pourvoir donner le moindre élément d'identification. Il dira aussi avoir reçu un appel de la commerçante à vingt heures cinquante-cinq. Il l'écoutait son appel à l'aide avant d'y aller. Il a aussi précisé en arrivant au domicile de ses voisins, être directement allé couper les rilsans noirs qui maintenaient les victimes inactives.

« Là, je remarque encore quelques détails surprenants. Le voisin appelé à l'aide, sachant que c'est une attaque armée, rentre sans aucune crainte dans la maison. De plus je souligne aussi après relecture, la femme attachée au frigo, a pu téléphoner. Sachant que tout moyen de communication a été confisqué par les braqueurs, ou simplement dans le scénario des fameuses victimes ces détails n'ont pas été étudiés. Je continue en affirmant que cette histoire a été montée de toutes pièces. Je continue de poser mes yeux sur le document. »

Il est dit, une empreinte ADN a été retrouvée sur un bout de gant plastique arraché en attachant la victime. Le laboratoire dans son rapport décrit la présence d'ADN de la victime, l'épouse de Robert, de celui de Robert lui-même et d'un troisième qui n'est pas le témoin. Hors c'est écrit noir sur blanc, le témoin à détaché lui-même la victime. Comment l'ADN du mari s'est retrouvé sur l'attache de sa femme.

« Me voilà dans les entrailles de l'incompréhension de l'enquête, d'ailleurs une similitude avec une autre affaire commise sur un couple de Thann, apparaissait, mais rien n'a permis de relier ces deux agressions. Reprenons… »

Le visionnage des caméras installé au domicile des agressés permet d'éclaircir les zones d'ombre sur cette affaire. On n'a pu y voir, un premier passage de trois individus devant l'accès du portail. Puis un second tour permit de voir les individus passer par-dessus le grillage qui faisait jonction avec ce même portail. On y voit aussi le véhicule de couleur sombre, break, faire trois passages avant de se stationner pour récupérer ces complices et de prendre la fuite en trombe.

Une autre personne témoigne, ce qui renforce la détermination des suspects. Mickael, suite à l'agression, dit avoir vu une voiture vers vingt heures trente, de couleur sombre, break avec à son bord plusieurs personnes circulant en feux-de-position avant de se garer sur le parking de la salle des fêtes. Il précisait aussi que dans une lueur il a reconnu un ancien modèle.

Les gendarmes ont exploré d'autres pistes avant de se renseigner auprès de leurs collègues de Bollwiller sur ce Meyer. Ils apprenaient, que ce dernier, défavorablement connu de leur service, circulait effectivement avec une voiture break BMW série trois de couleur noire. Ils apprenaient aussi qu'il circulait avec un autre véhicule break, une Opel. Ils découvraient aussi que Meyer était en étroite relation avec son ex beau-frère Franck, ainsi que le fils d'un de ses amis, un certain Vincent.

Or, dans une autre enquête, sous fond d'un trafic de drogue, ils communiquaient au procureur de la république les conversations téléphoniques interceptées pouvant démontrer un lien avec cette affaire. Notamment avec un dénommé Patrick, gérant d'une entreprise de sécurité en sommeil suite à des problèmes de santé. Il a été transcrit des appels émis des victimes elles-mêmes vers ce Meyer Roland. Par treize fois pour le mari et quelques fois de son épouse à savoir entre la période d'octobre deux treize et mai deux quatorze.

« Là, c'est pareil, dans leur déposition, il est écrit plus de contact depuis deux mille douze. Enfin, je vais de découverte en découverte dans ce rapport. »

A partir de leur information les enquêteurs, renforçaient leur recherche sur ce petit groupe d'individus, à savoir Meyer, Franck et Vincent.

Une enquête est diligentée sur l'entourage des suspects. Elodie, maîtresse de Franck au moment des faits et compagne actuelle de ce dernier, a certifié ne pas être au courant des activités de celui-ci. Dans l'audition téléphonique, elle certifiait que Roland Meyer avait quelque chose en tête tout en reconnaissant la voix de son copain sur les écoutes. Elle confirmait aussi l'achat d'une Golf4 de couleur bleu foncé dans la période de Noël, pour la somme de deux mille euros. Mais elle ignorait la provenance de cet argent.

Priscillia, compagne à la date des faits de Franck, n'a apporté aucun élément concernant l'affaire en elle-même, mais vaguement elle reconnaissait les voix de Franck et de Meyer.

Mandy, la compagne de Vincent à la date des faits, racontait lors d'un dimanche, vers dix-neuf heures, de décembre deux mille quatorze, s'être rendue au domicile de celui-ci. Elle avait les clés et elle est venue lui repasser son linge. Elle savait être seule à ce moment car il lui avait dit qu'il ne serait de retour que tard dans la soirée. Elle a essayé de le joindre à plusieurs reprises sans jamais l'avoir eu au bout du fil. A son retour vers minuit il lui avait dit s'être rendu auprès de sa tante. Elle signalait aussi à Noël, il lui avait fait cadeau d'une veste en cuir et d'un sac de grande marque et aussi avoir fait un cadeau à son fils, en l'état d'une grosse voiture télécommandée. Mais rajoute que dès le mois de février deux mille quinze, il lui aurait emprunté la somme de mille euros.

Elle a aussi rajouté lors de sa présence dans l'appartement de Vincent, Meyer Roland était présent lui aussi et il aurait sorti une arme de poing et l'aurait déposée sur la table. Elle n'aurait pas parlé de cette situation après ce fait à Vincent et n'aurait rien dit à Roland non plus. Elle avait été de nouveau entendue sur cette histoire car selon Meyer elle ne sait pas faire la différence entre une clé à pipe et une clé plate, il avait aussi avec un humour démonstratif, il dit c'est elle la clé des pipes.

Lors de cette audition, elle confirmait que l'arme était une arme automatique et non une arme de défense comme celle retrouvée dans la voiture de Meyer. On lui a montré les photos prises lors de la perquisition du véhicule de Meyer. L'arme est chargée de deux cartouches de poivre en lui demandant si elle reconnaissait l'arme comme celle qu'il a exhibé comme celle qu'elle avait vu. Elle n'a pas fait la confusion et a reconnu sur photo la balle de neuf millimètre convenant à l'arme de Meyer.

Patrick, le patron de la société dormant « HSG », expliquait dans son procès verbal qu'il fréquentait Meyer et Franck. Il dit aussi qu'ils se voyaient principalement pour boire un verre. Parlant de Meyer, ils nous a dits, il le connaît depuis très jeune et il l'a perdue de vue lorsqu'il a été incarcéré. Il l'a revu deux ans plus tôt. Il reconnaît aussi avoir conversé avec lui le vingt décembre au soir, au sujet de deux talkies-walkies qui appartenaient à lui ou à Franck. Et pour finir sa déposition il indiquait qu'il les a remis à Franck.

« Est-ce que je les aurais récupérés la veille des faits sachant que je suis déjà défavorablement connu de la justice et surtout ayant déjà vécu les interrogatoires? Autant aller voir la gendarmerie leur expliquant vous savez, je récupère mes talkies-walkies car j'envisage dès le lendemain aller faire un braquage avec. »

Le couple de victime apporte des précisions.

La femme a fourni des détails sur le physique et sur les vêtements de ses agresseurs. Elle rajoutait aussi la présence de Meyer une semaine avant sur le marché de Riquewihr où elle tenait son stand. Son mari confirmait aussi ses déclarations en réaffirmant la culpabilité de Meyer car il lui aurait revendu cette fameuse carabine et une montre volée avec le reste. Il était certain lors de cette audition que seul le dénommé Meyer était le seul au courant pour cette montre.

L'interrogatoire du témoin suivant nous apprenait bien connaître Meyer Roland. Il était certain d'avoir vu une BMW break à proximité du lieu des faits. Nous avons constaté que celui-ci avait effectivement une voiture similaire et dont on peut aussi signaler sa présence avec ce même véhicule au marché de Riquewihr.

« Heureusement, me suis-je dit l'air pensif, il n'y a que moi pour avoir cette unique voiture. Je continue sur la téléphonie de nos téléphones. »

Les rapports sur la période analysée entre Vincent, Franck, Roland, Patrick, les époux commerçants, ainsi par rapport aux lieux des faits, on remarquait alors l'inactivité des lignes concernant ceux de Vincent, Franck et Roland, le soir des faits.

« Etonnant non, je lis quelques petites lignes en dessous, dont la police est plus petite que le texte initial. Les lignes des trois comparses n'étaient pas éteintes, mais cependant étaient quasiment aucune communication contrairement à l'habitude de chacun.

Pourtant lors de la première garde-à-vue, les perquisitions avaient été nulles, concernant l'objet des recherches. A part la fumette sur pied de ce fameux Franck ferait l'objet d'une autre procédure comme celle du pistolet d'alarme retrouvé dans la voiture de ce fameux Meyer. Comme Meyer était déjà connu dans la base de données de FNAGEG, seul l'ADN de Vincent et celui de Franck avaient été prélevés. Le prélèvement, une fois analysé, avait permis en le comparant avec celui du gant, de dire l'ADN et celui des suspects ne correspondaient en aucun point. Donc ? »

Garde à vue de Meyer Roland.

Lors de sa garde-à-vue, Meyer déclarait connaître ce couple depuis plusieurs années. Il admettait d'avoir rencontré la femme au marché de Riquewihr en décembre deux mille quatorze. Il nous signalait après question avoir appris l'agression par Gilles.

Il n'a pas démenti en expliquant que ce fût lui qui a conseillé le couple de se munir d'un système d'alarme. Il a admis aussi être souvent au volant d'une voiture BMW noir et break. Concernant les talkies-walkies, il confirme bien les avoir récupérés car il lui appartenait. Il en avait besoin pour la pêche, malgré une météo défavorable En aucun cas, il précise que c'était Franck qui les a récupérés. Concernant l'achat de traceur importé des Etats Unis, c'était selon lui pour pister son ex femme. Mais notre conviction était bien fondée dans cette affaire car et grâce à ce traceur, ils pouvaient voir le tracé du véhicule des victimes.

Il a dit Franck, Vincent, Patrick faisaient partie de ses fréquentations, il affirmait cependant de n'avoir rien à voir avec l'agression. Il niait le tout même sur des réponses appelant une réponse précise sous couvert de son conseil.

« Que dois-je dire? que dois-je prouver? Je n'étais pas sur les lieux de l'agression et je n'ai rien à voir dans cette histoire de près ou de loin. Je n'ai jamais exhibé une arme devant qui que se soit. Je me retrouve comme une souris cherchant un trou pour se sauver, ben ! Non, je n'ai rien à me reprocher. Qu'ils me démontrent ma culpabilité, pour le moment ils n'ont aucune preuve, normal car je n'y étais pas. La pêche, c'est toute l'année, certes, en comptant le braconnage. Alors pourquoi j'aurais utilisé un traceur alors que d'après les victimes, ils auraient été suivis. »

Garde à vue de Franck.

Il semblait fort mal à l'aise lors de notre face à face. Il niait aussi avoir été en possession des talkies-walkies ni avoir vu Patrick les remettre à Meyer. Il a ajouté ignorer leur existence comme ne pas les avoir récupérés sur la table de sa terrasse. Il persistait à dire et redire qu'il n'est pas concerné dans cette affaire. Nous lui avons fait écouter la communication concernant les précautions prises par lui et Meyer, sur le bornage et les conseils pour les éviter.

Source de renseignement, malgré une mauvaise qualité d'enregistrement, elle, la bande-son était particulièrement explicite. De plus il niait avoir parlé avec Meyer, dans l'évidence même que sa compagne l'avait reconnu. Pourtant Meyer reconnaissait lui cette discussion. Il ne s'est pas expliqué sur l'inactivité de son téléphone. Sur l'achat de cadeaux, de sa voiture, il en ressort des économies faites sur l'argent d'un travail au noir.

S'en suit celle de Vincent.

Il certifiait, lui aussi, n'y être pour rien dans cette affaire d'agression. S'il fréquentait Meyer s'était car il l'avait soutenu dans une période difficile qu'il traversait. Il lui apportait un soutien moral lors de différents décès dans sa famille. Il se disait boulimique de téléphone, mais il ne s'expliquait pas le soir des faits, l'inactivité de son téléphone. Et cela en même temps que ses amis Franck et

Roland. Il niait aussi les explications de son ancienne compagne au moment des faits, Mandy. Il certifiait aussi n'avoir pas vu Roland exhiber une arme chez lui. Il n'a pas apporté de précision sur les raisons de l'heure tardive du retour de chez sa tante, le soir de l'agression.

« Aujourd'hui il faut toujours sortir avec un alibi de peur d'être entraîné dans une histoire plus ou moins dramatique. Et pour finir dans la beauté de ces trois gardes à vue, ils nous ont relâchés faute de preuve probante. »

La poursuite sur les écoutes téléphoniques ont permis de faire ressortir un quatrième larron. Par agacement Meyer a dit lors de sa confrontation sur les écoutes qu'il avait avec Patrick dit avoir récupéré les talkies-walkies pour aller à la pêche. Hors la météo de ce soir du vingt un décembre montrait une météo exécrable et donc peu probable avec ses dires. Nous avons aussi fait des recherches sur les éventuelles espèces pouvant être pêchées dans cette période et vu le faible nombre, que l'on pouvait en prélever dans les étangs ou les rivières, nous en avons conclu l'impossibilité de cette pratique de plein air.

L'analyse de plusieurs écoutes a mis en évidence un quatrième personnage. Un dénommé Farid, employé dans une entreprise de sécurité, a fait entendre une quelconque opération le trente novembre et une autre le dix-sept décembre deux mille quatorze toujours sur Guebwiller.

Dans l'appel émis de Meyer à Farid.

On apprenait que Roland est à Guebwiller et que Farid était en train de monter. On écoute dans cet enregistrement, Farid dire à Roland, « Je viens de réfléchir, j'ai parlé à Vincent, si l'autre se rend au marché, le problème… Meyer Roland lui coupe la parole et lui fait comprendre de la fermer, de ne rien dire au téléphone. Malgré l'insistance de Farid, rien ne débouche sur la raison. Meyer lui a dit on se verra et on parlera. » Toutes les communications enregistrées sont sur le même style entre chaque protagoniste.

« Je pose un instant le dossier, faire un break me fait du bien. Je reprends donc lecture sur cette balance de Farid. »

Après une enquête de son environnement de Farid, on apprenait qu'il était agent de sécurité jusqu'au mois de février deux mille quinze. De sa taille immense et de sa corpulence on en comprend mieux pourquoi il avait fait ce métier. Cette personne est connue simplement pour non-paiement de pension et une vague histoire de violence. Sa morphologie ressemblait à un des agresseurs. Son ADN n'a jamais été prélevé.

Le vingt-trois septembre, l'interpellation de ce Farid est signée par son empreinte ADN retrouvé sur le lieu et pendant l'agression des commerçants.

Lors de son explication avec sa connaissance des trois suspects, il nous dit avoir rencontré Vincent à la salle de sport de Guebwiller. Les deux autres ont été présentés par Vincent lui-même. Dans les deux premières auditions, il niait les faits avec aplomb avant de retomber sur la sagesse du silence après concertation avec son avocat. Tout cela soit-disant par peur de représailles.

La victime est invitée à entendre un enregistrement de la voix de ce Farid. Cette femme malgré la forte pression de son agression l'a reconnu de suite. Elle a signalé d'ailleurs d'être le plus gentil des trois. Assurant aussi sans le voir dans nos bureaux, c'était une personne grande et costaude, malgré son impressionnante carrure l'a rassuré avec une voix tendre.

A partir de là, il est passé aux aveux en reconnaissant sa participation. Et il a déballé son histoire. Racontant son problème de couple, sa séparation temporaire pour se retrouver, l'a ramené chez sa mère. Il réexplique sa rencontre avec Vincent puis Meyer et ensuite de Franck.

C'est apparemment Vincent qui lui aurait proposé de se faire de l'argent tout en connaissant son état financier. Il a raconté le scénario de la fameuse soirée. Le vingt et un décembre, Vincent lui aurait donné rendez-vous chez lui pour boire un café. En arrivant au domicile de celui-ci, il avait vu la présence de Franck puis celle de Meyer. Après avoir bu effectivement un café, Meyer aurait dit à l'assemblé, " il est temps de partir." Il précise aussi s'être rendu tous les quatre à Ohnenheim, avec la voiture de Meyer, une BMW. Meyer aurait ainsi garé sa voiture devant la maison des commerçants.

« _ Alors là ! Moi qui est connu par le passé comme un bandit, j'aurais pris ma propre voiture. Enfin bref... »

Franck a pris des cagoules et des armes pour lui et Vincent. Lui, Farid n'aurait pas pensé à prendre ce qu'il fallait. Meyer aurait été prévoyant et lui aurait dit de prendre la boîte de gants en latex qui se trouvait derrière le siège conducteur. Il indique qu'ils portaient tous les trois un masque en plastic fourni par Franck.

Farid était surpris selon c'est propre dire, par ce qu'il constatait, mais dans l'action, il avait continué à faire partie du groupe. Il nous a dits ensuite nous avons été vers le portail avant de franchir le grillage. Il n'arrêtait pas de nous dire, je ne savais pas que c'était un braquage.

« J'arrête ma lecture et je me pose la question suivante, j'ai une cagoule, un flingue, je braque des gens et je ne sais pas ce que je fais. Je ne sais pas s'il se rend compte mais on ne va pas faire du jardin dans cet accoutrement. »

Franck aurait frappé à plusieurs reprises jusqu'à l'arrivé du maître des lieux. Lui ? Farid s'est dirigé directement vers la femme, li l'a ligotée avec un serflex. Conscient de la réalité des faits, il aurait cherché à rassurer la victime au mieux. Lui parlant avec douceur, lui apportant de l'eau pour la calmer et pendant ce temps-là, les deux autres s'afféraient à leur tâche respective. Avant de prendre la fuit par la même entrée, il précisait que Franck a contacté Meyer à l'aide de talkie-walkie. En attendant, Farid a chargé sur lui deux sacs, un rempli des fouilles de biens volés et un autre contenant or et cocaïne trouvée dans un sac de sport noir. Et peu de temps après Meyer les a récupérés, Farid a donc mis armes et sacs dans le coffre de la voiture avant de prendre la poudre d'escampette. Meyer roulait très vite pour arriver au plus vite chez Vincent. Là, il nous précisait qu'il n'y a personne dans l'appartement à leur arrivée.

« Je me demande comment Mandy dit avoir été seule jusqu'au retour de Vincent et que le Farid dise qu'elle n'était pas là ! Alors qui dit la vérité entre ces deux personnages. »

Il nous indiquait ensuite dans l'appartement, qu'ils ont fait un tas de billets sur la table et n'avoir perçu que la somme de mille cinq cent cinquante euros. Puis avant de retourner chez sa mère, un des membres de l'équipe lui a donné l'ordre de se déshabiller. Il s'est exécuté. Vincent lui aurait donné un change de son armoire personnelle.

« Pff ! Là encore j'en reste bouche bée. Comment Vincent du haut de son mètre soixante-dix, soixante kilos tout mouillé aurait donné un ensemble de joggings à un gaillard d'un mètre quatre-vingt huit avec un poids de centre quinze kilos. Encore une interaction dans la logique de cette histoire, je me demande encore où il a bien pu trouver ça. »

La balance continuait d'affirmer en peaufinant ses déclarations.

Il aurait rajouté, Vincent lui a fait par de ne pas savoir tous les éléments de cette équipée. Il déclarait en insistant qu'il ignorait si le partage était équitable et dénonce le fameux Roland Meyer étant comme l'investigateur de cette agression et pour Franck de préciser qu'il était réellement au courant du projet. Il indiquait aussi que le Roland en question n'est jamais sorti de son véhicule pendant l'attaque.

Pour être dans la loi du repentie, il indiquait ne pas être au courant du pourquoi du comment de la mise en pression pour récupérer une somme d'argent s'être retrouvée dans une séquestration. Il précisait aussi avoir pris conscience de la gravité des faits en sortant du véhicule face au domicile des victimes. Il maintenait ses déclarations de manière complète. On ressent chez lui une forte émotion en parlant de ce souvenir en revoyant les deux personnes âgées qu'ils avaient tétanisées, terrorisées. Dans l'ensemble des faits, il a été conduit en examen et incarcéré provisoirement.

« Je pense qu'il aurait dû écrire des romans. »

L'interpellation de Vincent a permis de le mettre en face des déclarations de Farid, mais il niait de nouveau être impliqué dans cette affaire. Concernant la question de l'inaction de son téléphone, il précisait que sa grand-mère était mourante et qu'il allait la voir tous les jours, il précisait encore dans l'hôpital, il ne touchait pas à son portable ceci explique cela. Il nous signale aussi avoir appris de son avocat même en parlant des victimes étaient des trafiquants de drogue. Il affirmait qu'il ne pouvait pas sauter par-dessus la clôture pour des raisons de santé à savoir un mal de dos. Il a été, lui aussi, mis en examen et placé en détention provisoire.

« Quant à moi, je m'étais fait oublier, malgré les convocations par les enquêteurs pour la simple raison que je voulais passer le week-end avec mes filles. »

Dans nos locaux, Meyer après s'être rendu le lundi suivant ne s'explique pas où il a passé ses nuits du jeudi au dimanche soir. Il niait tout pour toutes les accusations qui pesaient contre lui. Il a, lui aussi, rejoint les deux autres.

Franck quant à lui dès qu'il a appris l'arrestation de ce Farid, il est porté hospitalisé avant d'avoir quitté l'établissement dans la nuit et ne pas réapparaître pour ses soins comme à son domicile. Nous avons ainsi dans ces conditions délivré un mandat de recherche. Nos surveillances ont démontré à plusieurs reprises son passage chez sa compagne, la nuit. Alors, dès lors, nous avons mis en place une souricière. L'opération a pris effet le vingt-neuf novembre deux mille quinze. Nous avons pu le prendre en douceur dans nos filets.

Bien que, sans préalable avoir, dans son appartement construit une barricade de fortune, camera et lampe de détection, lui permettait de voir notre progression avant de se planquer sous le lit. Lors de sa garde-à-vue, il a persisté à nier son implication aux faits criminels qui l'oppose. Pour expliquer son geste dans sa fuite il souligne avoir eu peur. De son principal accusateur, il en ressort une histoire de travail comme quoi il lui avait promis un poste. Mais il rajoutait avec véhémence que ce Farid n'a pas tenue sa parole sur sa proposition d'emploi.

Nous sommes étonné d'apprendre de ce gardé à vue, d'en savoir autant que nous. Nous en avons déduit qu'il était en relation avec les mis en examen. Pour savoir, en effet dans le dossier que l'ADN retrouvé sur le lieu concerné a été identifié et surtout qu'il connaissait les éléments du dossier parfaitement. Il confirmait par ailleurs que la voix entendue sur une conversation avec Meyer n'était pas la sienne. Nous lui avons donné lecture de la déposition des victimes. Il était sans réponse au fait que les auteurs masqués s'exprimaient dans un français sans accent alors qui nous déposait sa version. L'agression serait l'origine de Roumains ou de Serbes et Farid ferait partie de cette équipe.

Mais il reconnait avoir dîné à la pizzeria avec Meyer, Vincent et Farid, pouvant ainsi correspondre aux échanges téléphoniques entre eux. Même si Farid n'est pas venu. Une explication sommaire dans une défense incompréhensible de notre part, nous poursuivons en lui récapitulant les éléments à charge. Il niait tout en bloc. Il a, lui aussi, été mis en examen.

« Franck aurait été pincé avec un portable en maison d'arrêt. Je lis, je souris. Encore une fois je suis incriminé dans cette histoire. Mais sur l'analyse de la fadet de son téléphone je n'apparais nulle part. Pourtant on peut lire, il apparaissait ainsi que l'ensemble des protagonistes, la famille et des accusés eux-mêmes se communiquaient, à l'exception de Farid, malgré la mise en place de l'isolement de chacun. »

Auditions des parties civiles

En date du dix-huit février deux mille seize, les victimes du vol à main armée, ont été entendues séparément. L'épouse du commençant délattait les circonstances de sa rencontre avec Meyer Roland. C'est par l'intermédiaire de Gilles, un restaurateur dont ils ont connu, elle et son mari, en deux mille deux lors du marché de Noël à Colmar. Il avait un restaurant sur la place.

C'est dès lors qu'il leur a présenté ce Meyer Roland. Elle se rappelait l'année, c'était en deux mille neuf, deux mille dix. Il est venu manger à la maison. Elle soulignait, ignorer le passé criminel de Meyer. Ce n'est que deux ans plus tard qu'elle apprend de Gilles la condamnation à vingt ans de prison de Meyer.

Elle et son époux ont aidé Meyer en deux mille treize, il était sur le marché de Thierenbach, il vendait du vin chaud. Le couple lui a prêté du matériel. Dans sa déposition, elle précise que le matériel est revenu en mauvais état. Ce qui a entraîné une coupure dans leur relation. Ils étaient très déçus. Meyer avait à plusieurs reprises essayé de les joindre mais aucune réponse de leur part.

Elle nous dit avoir revu Meyer sur le marché de Noël en décembre deux mille quatorze, de Riquewihr. Il s'est présenté sur son stand en demandant où se trouvait celui de Gilles. Elle lui a indiqué en désignant l'emplacement. Elle tient à souligner pour couper court à cette discussion, elle lui répondait vaguement. Le lendemain Gilles est venu les voir. Il leur avait dit que Meyer est venu à sa rencontre pour lui dire qu'il n'a pas peur et qu'il a même été sur le marché avec une voiture volée. Elle aurait été dérobée à un couple de personnes âgées.

Elle dément les accusations portées sur elle et son mari concernant un éventuel trafic de cigarettes. Par contre elle confirmait l'achat d'une carabine par son époux vendu par Meyer suite à deux tentatives d'intrusion dans leur domicile en deux mille neuf. Elle dit aussi l'avoir un temps si peu soupçonné. Car le cheminement était le même.

Le soir de l'agression, elle en refait la soirée. Au retour du marché de Noël, ils ont été suivis. Dans leur rétroviseur un gros véhicule break apparaissait. Une fois dans leur cour, l'épouse confirmait avoir fermé le portail à clé. En entrant dans la maison après avoir débranché l'alarme intérieure et enclenchait celle extérieure, ils ont enlevé leur manteau quand, tout à coup, les malfaiteurs ont frappé à la porte de la terrasse.

« Alors se sachant suivi, ils rentrent dans leur cour comme si de rien n'était. Ils débranchent l'alarme. Mais ils ne font rien d'autre. Pourquoi ne pas avoir pris plus de sécurité ? »

Elle continuait son récit, croyant avoir à faire à son voisin, son mari est allé ouvrir. Un pistolet sur la tempe, ils sont entrés en malmenant son mari Robert. Ils l'ont bousculé parfois violement. Le premier un grand très fort avait un masque plastique à l'évidence trop petit pour son visage. Mais s'était le plus costaud le plus gentil, il nous rassurait sans cesse. Il ne stressait pas du tout, il exécutait son travail de surveiller la porte de la terrasse et donnait ses instructions aux deux autres.

« Etonnant Robert, tu déclares dans tes dépositions que le portail est fermé à clé par ton épouse et que les braqueurs ont escaladé le grillage pour s'introduire dans ta propriété. Alors, par où ton voisin est-il passé pour venir à votre aide ? »

Des deux autres qui le suivaient, celui qui avait la charge de son mari, était le plus furieux, un regard de méchant. Il n'a pas hésité et, à trois ou quatre reprises, a remis le canon sur le front de son pauvre mari.

Le troisième était un brise-tout. On entendait les meubles tomber, des cadres s'effeuillaient comme une fleur en perdition. Les seules choses vivantes encore étaient les objets de valeur accumulés dans son sac, les montres et les bijoux de ma chambre à coucher.

À la finale le fruit de leur travail allait se faire découvrir par son gentil gardien. Elle n'a à aucun moment pensé se faire agresser et c'était pour cela qu'elle gardait l'argent sur elle. Elle entendait le geôlier de son mari lui hurler dessus pour savoir où était l'argent. D'un pas énervé, il est venu vers moi pour faire pression à mon Robert en pointant son arme dans ma direction. Mais le peu d'argent liquide était déjà entre les mains d'un dès leur. Elle soutient sans détour, leurs agresseurs n'ont pas d'accent. Elle confirmait que c'était bien elle qui a appelé les secours.

L'audition de son mari nous apporte rien de bien précis, toujours sous le choc, mais confirme les dire de sa femme. Il démentait également toute forme illégale concernant un éventuel trafic de cigarettes et de cocaïne.

Les époux, victimes de cette agression n'avaient omis aucune objection lors d'un passage en correctionnel de leurs agresseurs.

« Tout se monte, en puzzle, s'emboîte sans aucune difficulté, laissant aucun doute, menant les preuves recueillit d'un simulacre d'honnêteté, rien ne retient le clou qui s'enfonce. Je sais, je suis déjà sacrifié en lisant l'acte d'accusation, mon passé est celui qui frappe le plus. À quel saint se vouer ? »

La confrontation entre Farid et Vincent

L'interrogatoire en date du vingt-deux janvier deux mille seize, Le suspect Vincent continuait de nier d'être un membre de cette équipée sauvage. Il nous expliquait faire les marchés de fin d'année sur toute la région. Concernant la géolocalisation, il faisait valoir une simple coïncidence d'être dans le même secteur que Meyer, début décembre à Riquewihr. La ville où le stand des victimes se tenait. Il ne sait plus la raison de sa présence là-bas car c'était au moment où sa grand-mère, en phase terminale d'un cancer venait de mourir.

« On peut comprendre que lors d'un décès, on ne soit plus dans un fil de vie tout à fait normal. »

Il restait aussi sur ces déclarations malgré les preuves convergentes, parfois même, le son de sa voix restait en sourdine. L'ensemble à savoir de la conversation entre Meyer et Franck au sujet des talkies-walkies et leur récupération, de Franck à Patrick, ensuite remis à Meyer était percutante d'hypocrisie. Sans oublier la conversation explicite entre Meyer et Franck sur le bornage de téléphone portable. La géolocalisation de tous les protagonistes à Riquewihr.

« Je lis aussi et s'est effarant comme quoi j'ai conseillé les victimes sur l'installation de la vidéo surveillance et je connaissais les détails de cette installation, alors pourquoi je n'ai pas récupéré les images vidéos nous incriminants. Plein de petites choses qui tout à bout font une muraille de preuves accablantes. Pourtant chaque chose sortie de leur contexte devient une arme pour la défense. »

Farid restait sur l'accusation et sa déclaration et maintenait la participation des trois autres. D'après l'avocat de Vincent, l'épouse agressée, soulignait que Farid semblait être le chef, que c'était lui le donneur d'ordre et il démontrait un rôle important dans cette expédition. Mais dans certaines de ses déclarations, elle ne donnait pas les mêmes réponses. Elle insistait que sur les trois malfaiteurs présents tous étaient armés.

Farid restait sur ses dires. Il affirmait n'avoir pas porté d'arme. Les caméras le confirmaient quand il est rentré dans la cour des victimes. Par contre en sortant de cette maison meurtrie, il portait en main un fusil et une arme de poing trouvé dans une pièce de la bâtisse. Il reprécise d'ailleurs qu'il a prêté attention à la femme prisonnière. Elle le confirmait elle-même.

La confrontation n'apportait aucun élément changeant dans la procédure.

Concernant Vincent et son mal de dos, Mandy la concubine de celui-ci a déclaré la pleine forme physique de son compagnon. Comme l'ex-femme de Meyer, sœur de Franck pour le rappeler confirmait de Vincent sa sportivité. Ainsi les inspecteurs recevaient en confidence les achats de Noël dont Mandy et son fils, ont reçu de la part de Vincent comme une aubaine.

Elle renseignait aussi que de Vincent était porteur de liquidités importantes, hors dès février il était en manque d'argent. Il ne travaillait point, en tout cas en légalité. Elle rajoutait une phrase dont lui aurait dit son compagnon, je cite « dans ma vie, un jour, j'ai fait une chose de mal, mais je ne peux pas en parler ».

Laetitia, une des conquêtes de Vincent, a intrigué par sa forte demande de permis de visite. Elle se disait la compagne de celui-ci, a du coup été entendue comme témoin. Elle n'apportait rien sur l'affaire car elle n'était pas au courant. Elle nous disait avoir rencontré Vincent à la salle de sport, la même dont Vincent a fait connaissance et est devenu le coach de Farid et celui d'elle-même. Elle connaît les quatre individus mis en examen.

Nous lui avons posé la question sur l'arme retrouvée dans la voiture de Meyer. Il faut rappeler que celle-ci n'a pas été saisie car elle ne constituait aucune infraction à la législation car elle est en vent libre. Nous lui avons montré une photo prise sur internet. Elle représentait l'arme aperçu au domicile de Meyer. D'après l'armurier, ce pistolet est composé d'une culasse jetable. Elle est chargée directement de deux cartouches. Elle nous disait ne pas la reconnaître.

« Cette arme était dans ma voiture, ils disent maintenant l'avoir aperçu chez-moi. Bref, encore un peu petit détail parmi tant d'autres allait en amener un autre bien plus croustillant. Rentrons dans le temps… »

Nous avons pris contact avec la société d'installation de vidéo de surveillance. Nous avons appris une information capitale sur le système d'enregistrement. A savoir, l'enregistrement avait un décalage de huit minutes, ce qui ramenait les faits à une heure précise. Les malfrats ont, en temps réels, investi les lieux à vingt heures et vingt-neuf minutes et sont repartis à vingt heures cinquante.

Nous avons ainsi fait une autre vérification sur la compatibilité entre la fuite, le trajet du retour. Farid nous a déclarés après être parti du domicile victime aller directement au domicile de Vincent. La distance est de cinquante-huit kilomètres entre Ohnenheim et Soultz. Selon un certain logiciel d'itinéraire, dans le respect des limitations de vitesse, le temps normal est de quarante-six minutes. Mais le dénommé Farid a confirmé dans le retour,

Meyer avait roulé à fond. Ce qui a réduit le temps sur la distance. Les horaires dont Farid nous a communiqué, malgré être sous l'influence de l'émotion, malgré une suspicion de pertes de repères temporels, nous a conduits à une compatibilité avec la vidéo surveillance.

« Le temps était pourri pour la pêche, mais il est compatible avec la route et de plus à grande vitesse. Toutes les routes mènent à Rome, mais tous les chemins arrivent chez Vincent. Alors malgré la présence de caméras directionnelles extérieur, sur tout le long du trajet, personne n'a osé vérifier. Alors on le sait dans le grand banditisme, on contrôle tout ce qu'il permet d'identifier les personnes et les véhicules. J'en ai posé la question au juge d'instruction, mais aucun retour n'est venu étayer mes dires. Peut-être qu'effectivement comme le souligne Farid, la voiture a dépassé la vitesse d'une formule1 et du coup c'est pour cela peut-être qu'il a fait une vérification mais il a dû ne rien voir concernant la fameuse BMW. Si le juge avait fait une commission rogatoire dans ce sens, mon innocence aurait été mise en valeur. »

Confrontation entre Franck et Farid

Farid en tout point confirmait les accusations portées à l'encontre de ses complices et selon ses dires. Franck quant à lui réfutait les paroles de Farid. Le silence parfois l'amenait à contourner les points très précis de Farid. Farid revenait sur la déposition des victimes, ils affirmaient dans leur déclaration de le voir comme le chef de la bande. Car ayant remis à ce titre un billet de cinquante euros à ses coauteurs.

« Que vient faire ce billet de cinquante euros ? »

Farid expliquait une erreur, une confusion de personnes car il défendait cette possibilité par la comparaison de gabarit entre lui et Franck. Il rappelait aussi, on était en hiver et nous avons tous des vestes pour cette saison. Son avocat, dans une remarque assez pertinente, son client serait le chef de bande et aurait pris un masque trop petit et des gants latex en sachant que les deux autres ont eux tout à leur taille. Nous posons aussi la question suivante concernant un différent entre lui et Franck de deux cents euros. Il affirmait selon lui une aberration dans cet énoncé car il n'a pas emprunté d'argent et en aucun cas promis un emploi à Franck par la simple raison de son casier judiciaire. Il n'était pas vierge ce qui entraînait une incapacité avec ce travail réglementé et surtout en lien avec les autorités de l'Etat.

Comme Vincent, Franck à son tour durant la période des faits laissait sous-entendre un problème de santé. Il le rappelait dans cette confrontation. Pourtant dans certains témoignages dont sa sœur et sa belle-mère démontraient que celui-ci ne marchait pas avec des béquilles comme il le prétendait. Ce qui renforce les investigations auprès des déclarations de Farid, c'est-à-dire la capacité des deux faux blessés d'escalader la clôture de la maison des victimes.

L'enquête nous a amené à vérifier les déclarations de Franck.

Nous apprenons du garage, soit deux jours après les faits l'achat d'une Golf pour un montant de mille cinquante euros en espèces de la part de Franck. Son ex-concubine, Joëlle nous informait l'avoir quittée car il était de nouveau avec Elodie ensuite avec Priscilla avant de retourner avec Elodie. Franck selon ses dires n'a aucun travail et elle soulignait, qu'il se fait entretenir par Elodie. La surprise de le voir arriver avec cette voiture mais surtout de son sourire quand elle lui a demandé d'où il a pris l'argent pour cet achat. Mais il ne lui a rien dit.

Elle savait pour sa cavale car informée par Laetitia, concubine de Vincent. Elle ignorait le braquage au départ, mais Rachel l'a informé. Elle en a donc parlé avec sa mère. Elle nous apprenait d'Elodie lui cherchait un CDD pour le faire sortir de prison. Elle reconnait la voix sur l'enregistrement comme étant celle de son ex.

Nous entendons Sylvie la mère d'Elodie car son témoignage paraît important de précision. Belle-mère du mise en examen Franck savait que celui-ci a déjà participé à des cambriolages. Elle disait de lui un coureur de jupon. De leur couple, elle en disait l'instabilité et elle soulignait la présence de Meyer n'arrangeait rien à sa stabilité. Elle a entendu parler d'un braquage vers Sélestat.

Elle connaissait les antécédents judiciaires de son gendre. Elle s'est doutée de leur participation car Franck lui a demandé si elle savait où il pourrait trouver une voiture pour deux mille euros. Elle a demandé dès lors à sa fille si Franck a rapporté le jackpot du loto. En insistant, sa fille a fini par lui dire « Le gros et Franck ont braqués un couple de vieux. »

Elle a rajouté ne plus en avoir parlé avec sa fille depuis. Un jour Franck et Elodie sont venus chez elle, ils ont déposé trois sacs. Elle n'a pas regardé leur contenu, mais a repéré des boîtes de gants latex, deux montres et des bijoux. Plusieurs fois, sa fille était venue récupérer des choses dans ces sacs. Quand les inspecteurs sont venus, il ne restait plus que les boîtes de gants. Ce dernier sac a été saisi.

Elle savait que son gendre a été recherché pour la seconde fois. Sa fille lui a aussi demandé de lui faire une attestation concernant l'incapacité de Franck de faire un effort physique, c'est-à-dire un mal de dos le soir de Noël.

« Je ne comprends pas tout, les faits auraient eu lieu le vingt un donc pas le soir du réveillon. Si je demandais à quelqu'un une attestation pour prouver mon absence à des faits criminels, je le ferais plus en amont qu'en aval. »

Elle confirmait l'enregistrement entre elle et sa fille lors de l'appel de cette dernière concernant l'arrestation et de sa mise en garde-à-vue de son compagnon.

Mon interrogatoire suivi de la confrontation avec mon détracteur.

En date du treize avril deux mille seize, Meyer a été auditionné. Il redonnait la même version. Plus on insistait plus il nous dégainait des coïncidences. Il nous a signalé la couverture mafieuse des victimes sans nous en donner plus d'information. Il a refusé de nous indiquer des noms complices des victimes pour un éventuel trafic de cigarettes et de cocaïne. Nous lui avons reparlé des talkies-walkies. La pêche était leur but d'utilisation. L'avocat de Farid a précisé l'absurdité de telle pratique en décembre.

« Alors moi je suis un voyageur, je mange des hérissons, je vis différemment et je suis considéré et rejeté comme un pestiféré. Alors pourquoi, dois-je là dans ce cas précis, suivre la logique du reste de la société. La pêche est ouverte toute l'année, les poissons ne partent pas en vacances et ne refuseraient pas un petit vers venant d'un voyageur. »

Pour nous donner en richesse après les fêtes de Noël, il nous indiquait avoir fait un crédit auprès d'une grande enseigne. Il a ainsi acheté deux consoles de jeux. Concernant l'achat et la revente de deux véhicules en deux mille quinze, nous lui avons signifié l'escroquerie quand on ne rembourse pas un bien acquis. Le fait de lui dire de ce procédé est un délit, son agacement se manifestait. Il a revendu ces voitures pour un montant de vingt-cinq mille euros.

« Voilà, pas de preuves concrètes, alors on se sert de mon entreprise et de mes achats pour combler ainsi le manque et s'en servir à faire pression. Là encore, on sent l'importance de sortir les choses de leur contexte pour s'en servir dans un autre domaine. »

Il a refusé de nous dire où il se trouvait pendant les trois jours lors de sa deuxième tentative d'interpellation, en date du vingt-quatre septembre deux mille quatorze. Il voulait préserver l'honneur d'une femme mariée. Il nous indiquait aussi n'avoir jamais communiqué avec les autres mis en examen. Il nous a aussi dits concernant Franck de ne plus avoir de nouvelle, ni par écrit ni téléphoniquement. Nous en doutons.

« Malgré les fadettes des téléphones saisis en détention, dans les cellules de mes soit-disant complices, n'ont pas démontré mon implication. Alors, si ce n'est pas de l'acharnement pur et simple, c'est quoi ? »

Meyer est ainsi confronté à Farid. La première question était pour le second. Quels gants ont-ils utilisés et qui les ont apportés. Il, Farid, apportait une précision importante. Ses deux coauteurs avaient des gants en cuir noir et lui des gants en latex. Il a sous indication de Meyer trouvé la boîte bleue ciel au sol derrière le siège, il a d'ailleurs marché dessus. Il en donnait la couleur et renseignait l'ouverture par un ovale pour en extraire les gants. Nous lui avons dès lors montré une boîte saisie chez la mère d'Elodie.

Il nous signalait alors la ressemblance au détail près que celle-ci était blanche et bleue ciel. Meyer nous faisait la remarque suivante, la boîte présentée n'était pas écrasée comme l'avait dit Farid dans ses déclarations. Nous lui précisons dès lors la provenance de cette boîte. C'était une des huit boîtes saisies chez Sylvie.

Meyer formulait sur le stationnement de Farid car il certifiait l'impossibilité de pouvoir garer sa voiture devant la maison de Vincent car il n'y avait pas de place. Nous avons imprimé une carte tirée d'un site connue. La vue de cette copie nous démontrait la possibilité des dires de Farid. Dans le même ordre, Meyer affirmait selon les déclarations de Farid l'impossibilité de faire demi-tour devant le domicile des victimes. Nous sommes donc allés vérifiés l'environnement et nous avons constaté et rapproché ainsi les allégations de Farid. Nous validons la possibilité de ses dires. Un témoin confirmait la version de Farid.

Meyer, dans cette confrontation, faisait des sous-entendues pour dire de Farid sa mauvaise fréquentation avec des voyous de grands chemins. Sans apporter une preuve, sans en dire davantage, nous lui sonnons d'en dire plus pour pouvoir vérifier et engendrer une enquête. Mais un vieux loup de mer ne se laisserait pas noyer dans des explications et préférerait naviguer seul sur son bateau. Nous ne nous sommes même pas posés de question sur ce sujet.

Suite à la dénonciation de Meyer concernant les antécédents de Robert, nous avons donc vérifié.

Effectivement dans le fichier du ministère de la justice, on y retrouvait la mention de deux éléments. Un classement sans suite pour la première, suite au retrait de plainte du plaignant. Dans la deuxième, un classement sans suite pour violation de domicile, mais aucune charge ne pouvait retenir une qualification.

« Quand il faut chercher pour accuser, on trouve trace, mais là les traces se sont effacées grâce au crayon magique. Où est passé le fameux sac, on rentre d'un braquage, il reste dans le coffre et on ne partage que l'argent donc le sac contenant l'or et les kilos de cocaïne quant à lui on ne le partage pas, étonnant ? Et d'ailleurs plus personnes en parle dans le dossier aussi bien côté justice que celui de Robert. Ils entendent mon ex-femme dont on est plus vraiment sous le même amour. »

Les précisions de Rachel, dans ce dossier, apportaient à notre vision un certain réconfort dans notre travail d'investigation. Elle est séparée depuis deux mille douze et a divorcé de Meyer en deux mille quatorze. Elle savait l'incarcération de son ex mari et de son frère. Elle savait aussi le pourquoi. Un braquage d'un dénommé Robert, elle savait de ce monsieur propriétaire d'un stand sur le marché de Noël. Elle nous précisait sur Roland connaître ce Robert et savait les moyens financiers de ce dernier. Elle connaissait aussi le différent entre les deux tierces personnes, une petite embrouille comme elle nous a dit. Elle nous signalait aussi avoir appris ce braquage par Elodie. Elle reconnaissait sans difficulté les voix d'un enregistrement téléphonique comme étant son ex et son frère. Elodie lui aurait dit, Franck n'a rien à voir avec cette affaire de séquestration. Elle nous dit de son ex mari, un bon (père) Noël avec tous les cadeaux offerts à ses filles.

« Un père n'a-t-il pas le droit de faire plaisir à ses filles. Après lecture avant d'en finir sur le résumé et l'ordonnance de renvoi au tribunal, une pause s'impose. Il est huit heures, l'œilleton laisse apparaître un œil. Le maton fait sa ronde me laissant tourner en rond dans mes pensées. En récapitulant les témoignages de tous les protagonistes de cette histoire, je me rends compte sans le vouloir être l'auteur d'après eux d'un crime dont seul le fantôme de mon passé allait porter préjudice à l'innocence de mon futur. Je suis coupable d'avoir été et je serais condamné par mon dossier poussiéreux des archives judiciaires. »

Pour le moment je reste sur cette justice amère, laissant leur vérité s'enfoncer dans le mensonge. En attendant, je suis derrière avec mon innocence, les barreaux en guises de soutien et de liberté. Patientant l'heure du jugement comme un brin d'espoir, une libération prouverait mon absence à cette agression. Et enfin je pourrais de nouveau serrer mes filles dans mes bras, être là pour les amener à l'école, être là pour leur donner de l'affection, mon amour, être là pour leur anniversaire, leur Noël, simplement être auprès d'elles dans le quotidien. Je veux retrouver mon rôle de père.

Pour l'instant je suis à la merci d'un jugement après avoir été la cible d'un juge. Dans ma cellule, de ma petite fenêtre, j'essaie de voler un peu de liberté. Je regarde au loin l'horizon telle une délivrance. Etre inculpé quand on n'est pas coupable, enfermé, lié et en suspens, l'attente se fait impatiente. »

Résumons, inculpons

L'enquête a démontré la réalité des faits. Les infractions pour lesquelles les mis en examen, Meyer, Vincent, Franck et Farid s'avéraient une véritable opération commando. Une orchestration menait par un habitué des cours d'assises sans compter les tribunaux. Meyer avait réuni une équipe, une fois montée, déterminée, cette dernière allait avec violence mener un couple de personnes âgées, commerçant de leur état, dans la terreur d'une séquestration. Et c'est ainsi que, dans la soirée du vingt un décembre deux mille quatorze, ces pauvres commerçants vont être dépossédés de leurs biens.

Une fois confondu par son ADN, Farid a directement avoué. On a compris la faiblesse du groupe par son inexpérience. Des aveux livrés ont détaillés avec une grande précision, détaillant ainsi le rôle de chacun. Les trois autres niaient toute participation. Seul Franck reconnaissait le recel de téléphone et d'avoir communiqué avec d'autres détenus à l'extérieur avec sa famille.

Nous rappelons leur négation. Les victimes fréquenteraient de mauvaises personnes. Les mis en examen n'étaient pas sur ce coup. La santé de deux accusés ne pouvait pas être compatible avec l'affaire. De Farid protégerait sa propre équipe, des gens de l'Est ou du monde de la nuit, des gens vraiment redoutables.

Nous avons tout vérifié, en long et en large, les allégations des trois niant. La contradiction de nos vérifications se sont montrée fastidieuse.

La géolocalisation a établi leur présence à proximité de Riquewihr. Sur le marché de Noël vers le stand des victimes dans les jours qui précédaient l'attaque. Des témoins confirmaient la présence aussi d'un break noir correspondant à celle de Meyer. La reconnaissance vocale de l'ouïe sensible de l'épouse commerçante a retrouvé son propriétaire : Vincent. Le scénario était en tout point décrit par Farid et ainsi corroborait avec nos investigations.

Concernant le passé des victimes rien ne nous a laissé entendre de telle accusation. De plus, ces abnégations ne rentraient pas dans le processus de ce braquage. Même si le mari victime ne cachait pas son penchant pour la cocaïne.

La soudaine richesse et générosité fin et début d'année, ne nous ont pas permis de trouver trace de la provenance de leur fond malgré leur sous-entendu de travail dissimulé. On peut aussi se demander pourquoi certaines questions sont sans réponses, la fuite de Franck pendant deux mois et la disparition de Meyer envolé sur quatre jours n'aurait pas eu un impact sur leur concertation. Cela nous laissait un surcroît de confirmation d'après les aveux de Farid et de sa sincérité

Sur le fond du vol aggravé et la prise d'otage, Meyer a fréquenté le couple, il en connaissait les habitudes, leur adresse, sans compter l'emplacement des caméras. Hors une nouvelle installation a été installée par le couple. Meyer fort de son passé criminel allait se faire épauler par Franck et Vincent. Farid a été choisi pour son gabarit et son besoin d'argent. Ils lui ont fait croire à un recouvrement de créance.

Franck n'a pas pu s'empêcher de communiquer par moyen d'un téléphone avec ses proches et mis en examen, vérification faite lors de là saisi de son appareil, comme d'ailleurs ses coauteurs Meyer et Vincent.

« Je n'apparais nulle part sur ces conversations, mais je paye encore gratuitement la facture de ce téléphone saisi. »

Dans un rôle plus secondaire, Elodie, elle plus en amour dans cette histoire, aurait été trompée par le père de son enfant. Sentimentalement d'elle-même, elle a fini par se rendre compte de sa naïveté. Mais elle serait être poursuivie pour des appels illicites avec un détenu, elle en a d'ailleurs reconnu les faits.

En résumé, malgré les insistances à prouver l'inavouable de leur méfait Meyer, Franck, Vincent restaient dans leur défense et sans assumer leur implication sans parvenir a contre dire les charges qui pesent sur eux.

Ce n'était plus quatre personnes, mais cinq à renvoyer devant le tribunal correctionnel de Colmar pour réponde des chefs d'inculpations leur correspondant. Il est rappelé de préciser, Meyer est en récidive légale suite à une peine de vingt ans expirant en deux mille dix-huit.

Le renvoi

Les charges suffisantes qu'il résulte de l'information amenaient donc contre :

Meyer Roland d'avoir à Ohnenheim dans le soixante-sept, quatre jours avant Noël deux mille quatorze subtilisé des bijoux, des armes et une forte somme d'argent au préjudice de Robert et de son épouse. Avec circonstance aggravante le fait d'avoir pénétré dans une bâtisse privée, en l'escaladant et d'une autre circonstance aggravante à savoir, les faits ont été commis en réunion par des personnes cagoulées. La violence et les actes de destructions et de dégradations et ce en récidive légale criminelle car étant condamné le vingt-deux octobre mille neuf cent quatre vingt dix huit dont la fin de peine expire en deux mille dix huit.

De la même date, constituée, sans ordre des autorités, enlevé, détenu ou séquestré le couple de commerçants, certes, libéré avant le septième jour accompli, avec circonstance aggravante car commise par plusieurs individus.

Le mois avant avoir, des faits non prescrits, à Ohnenheim, dans le département du Haut-Rhin ainsi dans le Bas-Rhin, participé à la formation d'un groupe à des fins d'établir un crime ou un délit punis de dix ans d'emprisonnement de surcroît à la préparation d'une séquestration, au repérage et la mise en place du matériel nécessaire pour soustraire les biens d'autrui.

Les mêmes chefs d'inculpations allaient contre Vincent et Farid.

Seul Franck avait droit à un supplément à savoir :

A Sarreguemines ainsi dans le département du soixante huit à avoir introduit, par n'importe quel moyen un ou des téléphones avec cartes SIM, illégalement au sein d'un domaine pénitencier et d'en faire le recel.

Dans la même période, même ville en de celle de Besançon et de Nancy, en dehors des cas autorisés par le règlement et par des faits non prescrit, de communiquer par tout moyen avec Meyer, Vincent, détenus. Et cela va aussi pour Elodie inculpée des mêmes chefs d'inculpations pour avoir été en contact téléphonique avec Meyer, Vincent et Franck.

Par ces motifs, ordonnons le renvoi de l'affaire de Meyer, Vincent, Franck, Farid et Elodie devant le Tribunal de Grande Instance de Colmar pour y être jugés conformément à la loi et par ordonnance distincte, maintenons en détention, lesdites personnes, Meyer, Franck et Vincent et sous contrôle judiciaire Farid et Elodie.

En conséquence de cette procédure avec la présente ordonnance soit transmis à Monsieur le procureur de la République.

Après lecture de ce document concernant l'inculpation et la mise en détention, on peut lire tout au long de ce récit tout est fait pour aller dans un même sens. A charge pour ne pas nous décharger, nous sommes déjà condamnés avant d'être à la barre d'un tribunal correctionnel. Une instruction d'après le code de procédure pénale doit être faite en charge et en décharge. Mais ce juge a bien travaillé, il nous a directement amenés dans une voie de condamnation. Car tout au long de l'instruction malgré nos dires et tous ce que l'on a pu démontrer ce juge n'en a pas tenu compte, cela démontre encore que de nos jours ces personnes abusent de leur pouvoir et tu peux t'armer des meilleurs avocats tu as perdu d'avance. Ce n'est plus au juge d'amener la preuve de ta culpabilité et le doute tu n'en bénéficies plus.

Colmar assiégée

Depuis ma cellule, dans l'attente, assis sur mon lit, prêt, j'attendais de savoir à quelle sauce j'allais être mangé. Les minutes s'écoulaient. Rien, et encore rien, pourtant j'étais prêt. Une demi-heure plus tard, une clef dans la serrure se tournait vers mon destin. Deux surveillants m'accompagnaient à l'entrée avant de me livrer aux forces de l'ordre puissamment armées. Entravé, menotté, une laisse maintenue par un agent cagoulé, je me faisais transporter entre deux voiturés gyrophares allumés, dans un fourgon. L'escorte partait d'Epinal.

Nous sommes arrivés dans une artère du vieux centre de Colmar. Des maisons aux couleurs estivales de Provence, des colombes en âge s'envolent. Des rues étroites datant du moyen-âge traînent leurs pavés jusqu'au cœur de la ville et de ses souvenirs. Colmar, me v'là parti dans les fins fonds de cette ville pittoresque. Troisième après Strasbourg et Mulhouse, préfecture du département du Haut-Rhin. Capitales des vins d'Alsace, l'impression à la carte de cette affaire d'avoir été ivre d'incompréhension et d'être saoulé par leur attaque.

Enfin, ville des sorcières où la beauté des lieux apporte son lot de touristes. Ville aux mille commerces, des restaurants où certaines spécialités s'échappent dans les airs, laissant une odeur appétissante. Les terrasses laissent chanter les cafés et les bières dans des discussions interminables de plaisir. Une ville accueillante dans sa « choucrouterie » théâtrale orchestré par un certain Roger Siffer ce chansonnier d'antan. La petite Venise coule sous mes yeux, j'approche à grands pas, du bleu de partout, la ville n'est plus festive mais en état de siège. Un contraste de réalité, le temps 39/45 est dévolu, anéantie et pourtant des hommes armés jusqu'aux dents sillonnent le pavé. En trombe, on entre en direction des geôles du tribunal. L'accès est interdit. Me v'là au tribunal, j'attends mon conseil. Mes soit-disant complices sont, eux aussi, présents.

Je ne suis pas là pour aller à la rencontre du musée d'Unterlinder abritant le célèbre retable d'Issenheim, mais pour mettre mon sort dans les mains d'homme de loi. Chez nous en Alsace, nous avons la tour des voleurs et dans cette tour, il y a une salle de torture. Quand ce matin je me suis retrouvé face aux juges, je m'étais demandé si je n'avais pas fait un retour en arrière au temps du moyen-âge. Car en mon honneur, une cage exceptionnellement avait à mon intention été installée. Je comprends maintenant les oiseaux, plus jamais je n'en aurais chez moi. Le temps de la mise en place, la salle s'enfournait de la famille de chacun et de gendarme en civil aucun badaud assoiffé de fait divers. Le tribunal rue des augustins, est une bâtisse magnifique.

Il y a plein de petits commerces traditionnels, la restauration rapide ne fait pas figure dans la vieille ville. Alors la bourgeoise rit dans les rues de ce vieux quartier et de me voir jeûner à la barre du tribunal. Encadré par neuf gendarmes armés dans ma cage dorée, mes coaccusés sont séparés par un agent. Face à la plaidoirie, l'ambiance gagnait les familles, le doute est écarté car condamné par avance, je restais infaillible au prononcé du verdict. La cigogne passe, la justice reste. Nous sommes repartis par la rue des clefs, cette rue-là est la plus commerçante. Nous filons sans détour par la rue des boulangers et ainsi rejoint celle de la rue des marchands. Je venais de payer l'addition.

Une lettre oubliée

Dans l'encre de ma peine, je reprenais le fil de ma vie carcérale. Je venais d'apprendre dans la salle d'audience de la bouche de son avocat, son client a écrit une lettre en maison d'arrêt de Colmar à Robert pour lui présenter ses excuses. Pourquoi ?

C'était une preuve flagrante, les deux personnages se connaissaient sinon je ne vois pas pourquoi la balance écrit aux victimes car il savait très bien, le courrier des détenus est lu par le juge d'instruction ou par la pénitentiaire. Je pense peut-être que son avocat lui a conseillé de le faire. C'est son deuxième avocat car le premier a mis les voiles. Mais le nouveau n'a pas besoin de sortir de St Cyr car le travail aété mâché par le juge lui-même. Tout cela pour m'enfoncer encore et toujours, son baveux n'avait donc rien à faire.

D'ailleurs au jugement le procureur général a fait un foin de tous les diables pour me faire rentrer en enfer. Mon impression de voir Farid comme une victime, alors qu'il n'est qu'une balance. Il ne faut pas oublier, c'est son ADN qui est retrouvé sur la scène incriminée. Mais cela ne l'a pas gêné de dire à la barre, « Je ne savais pas que je montais faire un braquage. » Il s'est déchargé sur nous trois. Du moment où lors d'une garde-à-vue, tu as une étiquette et ton passé de braqueur, multirécidiviste tu n'as plus de porte pour t'enfuir. Trop de complicité avec les juges, les inspecteurs te condamnent tout autant que le tribunal.

C'est comme cette cage conçu spécialement pour moi, cela a donné une énorme impression, une importance pour nous donner en pâture à la presse. Le procès a commencé à huit heures et a fini vers dix-neuf heures trente. Le beau monde n'a même pas pris le temps d'aller se restaurer. Mes avocats sont venus me voir pour me dire, on a parlé avec l'avocat général, il nous a dit, aujourd'hui je vais taper très fort. Pourquoi faut-il prendre un défenseur quand tout est joué d'avance?

Parfois j'ai l'impression d'être dans une république bananière. Les amis et les familles sont, eux aussi, en sécurité pas la forte présence policière. Mais le plus marquant pour moi a été la présence de mon ex-femme. La mère de mes filles venue avec son gigolo à l'audience, pourtant elle n'était pas conviée. Elle était juste là pour me narguer. Mais elle a dû sentir le vent tourner car elle a disparu avant la fin du procès. Elle a du nez car mes avocats dans leurs plaidoiries l'avaient en ligne de mir.

Effectivement en y réfléchissant, le procureur général avait bien prédit auprès de nos avocats. Taper très fort était un peu faible par rapport au verdict. Ses paroles sont suivies d'effet par le rendu de la condamnation.

Et dans le journal

Je me réveille, malgré la fatigue accumulée de la veille, plus morale que physique, un codétenu me glisse sous ma porte de cellule, l'article. Je lis directement sans préparer mon café. En titre :

« Six ans ferme pour avoir braqué un couple de commerçants ».

Ohnenheim (Bas-Rhin)

Dans la soirée, les victimes après leur journée de travail, avaient quitté leur stand au marché de Noël de Riquewihr pour rentrer chez-eux. En ce soir du vingt un décembre deux mille quatorze, sur la route, le commerçant, Robert de son prénom avait remarqué dans son rétroviseur, une voiture de couleur sombre, break de marque allemande, qui le suivait. Quelques temps après, une fois dans leur domicile, on avait frappé à leur porte vitrée, à l'arrière de leur maison. Pensant avoir à faire à l'un de leur voisin, le mari avait ouvert la porte.

Ni une ni deux, un pistolet sur la tempe, malgré son âge, l'homme de soixante-dix ans s'était retrouvé ligoté et plaqué au sol. Le trio masqué avait pénétré dans le salon. Les cris de Robert avaient alerté sa femme, neutralisée à son tour et attachée au frigo par des liens résistants. Les malfrats les avaient délestés de leurs téléphones portables et mis les autres moyens de communication. Pendant que deux les surveillaient le troisième fouillait la demeure. Ils voulaient savoir où été leur argent. Ils s'étaient enfuis à bord d'un break noir avec de l'argent, des armes et des bijoux. La femme âgée dans la cinquantaine avait réussi à se dégager de ses liens et avait libéré son mari. Sous le choc, le couple finissait par appeler la gendarmerie. Trop traumatisé même deux ans après, le couple n'était pas présent à l'audience.

« Une fiction réelle »

L'enquête menée s'orientait vers un ancien ami du commerçant, Meyer Roland, un casier judiciaire déjà bien rempli. L'agression d'après un ami du couple, restaurateur leur avait dit c'est un coup du gros. Des écoutes téléphoniques avaient permis de croire à sa culpabilité. En date du trente juin, il était placé en gare à vue. Ce qui avait en suivant permis de mettre à leur tour son beau-frère et le fils d'un de ses amis. Le manque de preuves les avait relâchés. Ils sont tous les trois de Guebwiller.

D'après le fragment de gant avec un ADN retrouvé sur la scène de crime, appartenant à l'un des agresseurs et décrite par la femme agressée, comme le plus gentil. Ce braqueur la rassurait tout au long de l'agression. Reconnu par son ADN, il avouait et mettait en cause les trois autres responsables de cette attaque, déjà interrogés trois mois plus tôt. Une version répétée à la barre, en présentant avec une grande émotion avoir suivi un scénario surréaliste, servant ainsi, ses mille excuses aux victimes.

« Il a bien appris sa leçon, c'est un sacré comédien », avait dit haut et fort l'homme considéré comme l'investigateur et le chauffeur de cette opération. Lui, Franck le frère de son ex et Vincent niaient leur participation aux faits. Les trois juraient et décrivaient Farid comme un menteur. Pourquoi il vous incriminerait s'il mentait ? La question venait de fuser de la bouche du ministère, amer, il laisse à chacun apprécier leurs arguments finissant son discourt avant de l'achever de peine, trois à sept ans avec maintien en détention.

L'erreur judiciaire, Graal de la défense, mettant en cause une instruction ciblée, à charge du juge d'en faire un équilibre, mais la balance a été cassée apparemment. La défense signale l'impossibilité de deux accusés d'être les auteurs en raison de leur problème de santé. Ils ont aussi essayé de dire, certaines pistes n'ont pas été vérifiées.

Mais rien n'y faisait, la justice a été rendue en condamnant Meyer Roland désigné comme le meneur, le cerveau de cette expédition à six ans de prison. Quant à Franck et Vincent, ils ont écopé de quatre ans fermes chacun. Le dernier coupable de cette terrible histoire, lui devait récolter une peine de quatre ans dont trois fermes. Il n'aura fait que huit mois avant d'avoir un aménagement de peine. La loi du repenti lui a permis de recouvrer la liberté.

Toul, l'heure de ma vie

Après avoir vécu les quartiers de haute sécurité, je suis entreposé dans un centre de détention ordinaire. De ma petite cellule, je ne souffre plus physiquement mais bel et bien psychologiquement. Je ne suis pas un justicier ni un héros, je suis un simple homme d'action. C'est vrai je ne suis pas trop con, je fais des actions dont tout le monde ne ferait peut-être pas. Je suis un type révolté qui vit sa révolte. Il est vrai aussi, vivre avec deux milles balles ce n'est pas pour moi. J'en suis incapable. Je me demande comment un ouvrier en est capable.

Alors même si je pique un million à une banque, ce n'est pas bien grave. C'est fou de penser que l'on peut réussir dans le crime. Ma logique est sans faille, elle m'a fait tenir le haut du pavé pendant plus de vingt ans. Pourtant aujourd'hui, je faiblis face au manque. Un manque que tout parent doit ressentir, l'absence d'un enfant est terrible. Moi je le vis et de ne pas voir mes filles devient un enfer. Face à elles, le lion que je suis, miaule comme un chat.

Cette innocence, je veux la crier, l'hurler, pour l'amour de mes filles, de mes proches et de moi-même. Notre justice est malade. Malade au point de voir quelques juges de ne pas être à la hauteur de l'immense pouvoir qu'ils ont et qu'ils abusent sans contrôle, sans risque ni sanction. Je déclare et persiste à dire, je ne respecterai plus les décisions d'un juge. Ce n'est pas un défi mais bel et bien un cri de révolte et de fatigue. Il y a belle lurette que nous sommes sortis du cadre de la loi. Nous sommes à la merci d'un pervers que personne ne contrôle. Et celui-là même veut me détruire et, dans six mois, je ne serai plus qu'un clochard.

Mais heureusement, je peux prétendre à un sésame. Aujourd'hui, on peut l'obtenir pour avoir le droit de jouir de ces remises de peine supplémentaires en travaillant, en payant les parties civiles, en ayant une bonne conduite en détention, en suivant une vie scolaire et surtout en allant faire un lavage de cerveau auprès du psy. Si tu as tous ces tickets gagnants, tu peux espérer ces remises. N'est-ce pas la carotte ?

Pour moi, je fais tout dans les règles de l'art mais aucun Molière pour l'artiste. La réinsertion? marche ou crève et là encore on ne te donne rien. Même avec un tas d'efforts, le présent sur leur procès verbal, est figé sur ton passé. Alors quand tu regardes la télé et que tu vois le Président de la République dire et marteler qu'il faut régler les problèmes dans les prisons à coup de baguette magique et que cette magie n'opère pas, que doit-on penser ? Un autre petit Président quant à lui avait dit vouloir nettoyer à coup de karcher pourtant les tags sont restés. Alors comment voir un avenir dans notre société, si la réinsertion voulue n'est pas mise en place ?

Pour eux

Une pensée pour ma famille

Mes deux frères, ma sœur et leurs enfants, chacun sur leur route, peuvent compter sur moi en cas de besoin. La famille s'est agrandie encore et encore avec le temps qui passe. A mes trois filles, trésor de ma vie, une richesse en or pour mon cœur, je vous aime tellement. Et à mes petits-enfants, Jade et Steven…

Mes amis

Toi, Patrick, avec qui j'ai beaucoup ri et quand je pense à toi, il me revient une histoire d'inox, de cuivre digne d'un scénario de film. J'espère en lisant ce livre que tu boiras un verre avec ton fils Loïc à ma santé, en repensant à ce souvenir inoubliable. Toi le fou furieux des chevaux dans ta montagne, les balades dans les travers des bois et toi le fou de bécane dans les chemins boisés, tu te rappelles. Au fond de ma mémoire, Salva, toi l'ami, mon fidèle ami, ainsi que ta femme Marie-Stella et tes enfants, je garde gravé en moi de bons souvenirs.

À toutes les femmes que j'ai aimées avant et qui sont devenu amies à présent, je vous fais de gros bisous. Et aux copines qui me soutiennent.

Les autres je ne parle pas de vous car j'ai trop peur du jour où un juge me lise et se livre à une perquise.

Un grand merci aux enseignants et au directeur de l'ULE, principaux leitmotiv dans ce milieu fermé, le savoir est important.

Un petit merci amical pour Christophe.

Sans oublier mes avocats.

Table des matières

Edition : Books on Demand,
12/14 rond-Point des Champs-Elysées, 75008 Paris
Impression : BoD - Books on Demand, Norderstedt, Allemagne
ISBN : 9782322092079
Dépôt légal : décembre 2018

Lightning Source UK Ltd.
Milton Keynes UK
UKHW020956081121
393605UK00014B/1151